Tiara Label

ティアラ文庫

王弟殿下の寵愛

記憶をなくした幼妻は淫らに護られる

伽月るーこ

プランタン出版

CONTENTS

※本作品の内容はすべてフィクションです。

序章　ここはどこ

サラ・アイアネスは夢を見た。

それはひだまりのように優しくて、どこか残酷で、とても痛い夢だった。

『　　　　』

最後に、誰かが何かを言っていたような気はするが、よく覚えていない。

覚えていないといえば、内容もそうだ。

一体、どんな夢を見ていたのだろう。興味本位で思い出そうとしたが、突然胸を押しつぶすような感情に襲われ、それどころではなくなった。どうしよう。胸に渦巻く行き場のない感情と戸惑いをどうすることもできないまま、サラは喘ぐように手を伸ばした。

助けて。

頭の中で叫ぶ自分に、なぜか違和感を覚えた直後――、目を覚ました。

眦《まなじり》から涙がはらりとこぼれ落ち、ぼやけた視界の先には天へ伸びた己の手がある。濡れた睫毛が冷えていくのを感じながら、サラは伸びた手を胸に抱いた。

まだ寝ぼけているのか、頭ははっきりしない。むしろ、重い。

思考に靄がかかっているような、それでいて何かを忘れているような感覚に、奇妙な気持ちになる。サラは、誰にも助けてもらえなかった自分の手を慰めるようにして、ごろりと横向きになった——ところで、閉じかけたまぶたを思いきり見開いた。

自分以外の素肌がそこにあるのが見え、血の気が引く。

しかも、目の前にある胸元に女性特有のふくらみがないのだから、心臓の鼓動は大きくなるばかりだ。異性と同じベッドを共にしているという事実に息が詰まる中、サラは恐る恐る顔を上げる。

そこには無防備な寝顔を晒した、美しい男がいた。

クッションに頬を預け、横向きに眠っている男の首筋を髪がかすかに覆っている。その身体にまとうものはない。ほどよくついた筋肉が、惜しげもなく上掛けから出ていた。窓から差し込む朝陽が金糸の髪を照らし、彼の美しさをより際立たせている。

その顔に見覚えがあると思ったのも束の間、伸びてきた腕によって身体を引き寄せられてしまった。

「!?」

突然のことに身体を固くするサラを、男はいっそう強く抱きしめる。その手が頭を撫で、首筋から背中へ辿っていくのを素肌に感じ、自分もまた裸であることに気づく。

その事実と、甘えるような彼の手つきに、サラは咄嗟に相手を渾身の力で押し返していた。あ、と思ったときには手から離れていく彼の身体がベッドの下へ落ちていき、どしん、という音を立てる。

「やだ、どうしよう」

まさか、ベッドから落ちてしまうなんて。

慌てて起き上がったサラは、胸元を上掛けで押さえ、急いで身を乗り出し、

「ごめんなさい、私そんなつもりじゃ……！」

言いながらベッド下を見て、後悔した。

「……い、てて」

後ろ手で上半身を起こした男は予想どおり裸で、かろうじて下半身に上掛けの端がかかっている。思わず凝視してしまった自分が恥ずかしくなり、頬を染めながら視線を上げた。

すると、さらりと揺れた前髪の隙間から、夜へ向かう瑠璃色の空のような色をした瞳が現れる。

「ん」

眩しさで眉間に皺を寄せても絵になる美しい男を前に、自分が突き飛ばした相手をはっ

きりと理解した。それと同時に、湧き上がる怒りが己の瞳を涙でにじませる。

「メルヴィン殿下の嘘つき!!」

サラの叫びに、男――メルヴィンは怪訝そうに眉をひそめた。

「……は?」

「子を、子を生さなければいけない状況になるまで、子作りはしないって……、し、しないって昨夜約束してくださったじゃありませんか!! それなのに、それなのに……!」

目が覚めたら、お互いに裸で同じベッドで眠っていた。

それはつまり、サラに昨夜の記憶はなくても、それ相応のことがあったということになる。相手は国一番の女好きだ。一晩一緒に過ごして何もないわけがない。サラは眦から涙をこぼし、きょとんとしているメルヴィンに訴える。

「殿下のこと、私信じてたんですよ……? 女遊びは激しくても、嘘は、嘘だけはつかない方だって……なのに、目が覚めたら一緒のベッドで、それも裸だなんて!!」

何かあったとしか思えない状況だ。

泣きながら訴えるサラを前に、メルヴィンは言っている意味がわからないといった様子で口を開いた。たっぷりと間をとったあとで。

「…………夫婦になったんだから、当然だろう?」

「私は、夫婦になる誓約書を交わした覚えはありません!!」

「随分と、はっきりした寝言だな」

「目は開いております！」

「では、寝ぼけているのか？」

「ちゃんと、しっかり、起きております！」

するとメルヴィンはどうしたものか、と言いたげに頭をかいて俯いた。それから大きくため息をつき、顔を上げる。若干、面倒くさそうに。

「……だったら、左手にはめられているそれはなんだ」

言われるままサラが素直に視線を己の左手に移すと、そこには昨夜までなかったものがあった。

「指輪……です」

己の薬指を見ながら、呆けたように言うサラへ、メルヴィンは続ける。

「で、だ。サラがつけているものと同じものが、俺の左手薬指にもはめられている」

見ろ、と言わんばかりの声で顔を上げたサラに、彼は左手の甲を掲げて見せた。

「……同じ指輪……？」

「そうだ。我が国では、夫婦になる誓約を交わした者だけが、揃いの指輪をはめることが許されているわけだが……、それは覚えているか？」

「もちろんです。……父と母の手に、いつも同じ指輪がありましたから……」

「それで？　俺が嘘つき、というのはどういうことだ？」

何も、答えられなかった。

夫婦であれば、裸でベッドを共にすることもあるだろう。というか、そうなる。たとえ結婚した記憶がなくても、誓約書を交わした約束の証が互いの薬指にはめられているのだ、ふたりが夫婦なのは間違いない。その純然たる事実に、これ以上の言葉は出てこなかった。

奇妙な感覚に陥る中、メルヴィンは前髪をかきあげて続ける。

「それから、殿下は俺だけではない、おまえもだ。――この意味がわかるか？」

わかりたくない。

そう、直感がメルヴィンの言葉を否定する。しかし、彼はさらに追い打ちをかけるように、サラの心を見透かす瞳でじっと見つめてきた。

「それを踏まえてもう一度質問する。サラの言う昨夜とは、いつの、こ、こ、ことだ」

背筋が、ぞっとした。

起きる前からあった、予兆のような違和感。重い頭。霞がかった思考。そして、突きつけられた記憶のない現実に、どこか夢を見ているような気分になる。彼からの質問に答えようとするが、名前のない恐怖が喉に張り付き、声が出ない。

心臓が激しく脈打ち、頭が考えたくないと思考を止める。

無意識に、視線を再び己の左手に落としたのだが、自分の身体の一部が視界に入り込み、目を瞠った。

「……やだ、うそ」

「どうした?」

恐怖を押しのけた確信は、いきなりやってきた。

今まで気づかなかった身体の変化によって、この奇妙な現実を受け入れるしかないのだと悟る。そしてそれは、サラにとって嬉しい誤算だった。ぐわし、と自分の胸を上掛けから掴み、その大きさを手のひらで実感しながらサラは顔を上げた。

自分の夫――らしい彼に視線を定めて。

「胸が大きい!!」

喜びをあらわにして言うと、彼は困ったように言った。

「そう嬉しそうに言われてもな……。ちょっと指先が埋まる程度のささやかなものだろ」

その一言で、サラは渾身の力で叫ぶ。

「大きな違いです!!」

と。

第一章　目覚めたらそこは

毎年〝その日〟は、少女にとって特別な日だった。

太陽に反射してキラキラと光る新雪を踏みつけ、少女はとある場所で立ち止まる。

「――今年は、私が一番乗りみたいね」

久々にこの国を照らした太陽のように珍しいこともあるものだと思いつつ、少女はしゃがみこみ、伸ばした手でうっすら積もった雪を払い落とした。朝からさっきまで降っていた雪はやわらかく、手の熱でかすかに溶けていく。手が赤くなるのを厭うことなく雪を退けると、刻まれた文字が見えてきた。

そこで少女は目深にかぶったフードを取った。

現れたのは、月明かりに照らされる雪のような美しいアッシュブロンド。太陽の光を受け、キラキラと輝いている髪を整えることなく、少女は澄んだ青空のような瞳を細めて、目の前の墓石へ微笑む。

「ごきげんよう。お父さま」

朝の挨拶をするように、少女は花束を手向けた。

「お父さまが亡くなられて、今日で六年になりました。……今頃、お母さまとご一緒でしょうか」

穏やかな気持ちで言うと、背後から雪の落ちる音が届く。

母は、父のことが大好きだった。仕事柄あまり屋敷に帰ってこない父を待っている間、母とするなにげない世間話が、気づくと若いころの父の話になるのだ。頬を染め、ついさっき恋に落ちたかのような口ぶりで話す母を見ているだけで、少女は幸せだった。

いつだって父に恋をしていた母のように、自分もそんな恋と出会いたいと思うぐらいには、両親の仲睦まじさに今でも憧れを抱いている。

「お父さまは、お母さまに愛されて幸せね」

少女は、墓石に刻まれた父の名前から、その横に記された日付に視線を移す。

六年前の今日、父――アーサー・アイアネスはその生を閉じた。

代々宮廷薬剤師として王家に仕えていたアイアネス家は、父の代で長年の功績を認められ、侯爵位を授けられた――その、矢先の出来事だった。

国王の付き添いとして夜会に参加した帰りのこと。父は、何者かに襲われそうになった国王を庇い絶命。その後、犯人探しが行われるも手がかりは見つからず、父は事故死として処理された。状況からみて国王暗殺を企てた者がいるとわかりきっていたのだが、国民に不安を与えたくないという理由から、当時の王宮はそれ以上動かなかった。

突如主を喪ったアイアネス家は、父の弟のエルドが家督を継ぐことになったが、母・アンは、突然の訃報だけでなく、王宮の残酷な決定にも毅然とした態度でその事実を受け止めていた。しかし父を見送った夜に、隠れて泣いていたのを少女は知っている。

『あの人の分まで、がんばらなくてはね。悲しみに負けていられないわ』

目元が腫れた笑顔で、そう気丈に振る舞っていた母だったが、その母も一年後にはこの世を去った。暴れ馬の下敷きになりそうだった子どもを助けようと、身を挺して庇ったときに、打ちどころが悪かったのだろう。頭の痛みを訴えた翌朝に、眠るように逝《い》った。

あっという間の出来事に、少女は泣くことさえできないでいた。

しかし、主が叔父のエルドに変わったばかりのアイアネス家に、少女の心を慮《おもんぱか》る人間はもういない。短い期間に両親をふたり亡くした悲しみは計り知れず、少女は慌ただしい屋敷を抜け出しては、父と母が眠っている墓地へ足繁く通ったのだった。

そこで――この国の王と顔を合わせることになる。

国王は父の墓前で立ち尽くしていた。

どこか物悲しさを漂わせる背中を勇気づけたくて元気よく挨拶をしたのだが、彼はうんうんと頷いてから崩れるように少女を抱きしめた。

『私に何かできることがあったら、なんでも言ってほしい』

父の死の真相は公になっていないが、国王はずっと気に病んでいたらしい。

少女を抱きしめたまま、泣きながら謝っていた。

申し訳ない。私のせいだ、と。

肯定も否定もできないでいた少女だったが、縋るように泣いている国王に何かしてあげたくて背中を撫でた。生前、両親が泣きじゃくる自分に、よくしてくれたように。

すると、少女もいつの間にか泣いていた。

そのあとのことだ、国王と少女に奇妙な友人関係が生まれたのは。

『陛下はやめてくれんか。気軽に〝おじいちゃん〟と呼んでくれたほうが、気分がいい』

墓前で二度目に会ったとき、気安く話しかけてほしいと国王からお願いされれば、少女もそうするほかない。

『他家の手前、国王本人と懇意にしていることが露呈するのは、キミのためによくない』

そう続け、国王は少女に自分たちの橋渡し役を紹介してくれた。

以来、少女は国王と手紙のやりとりをしている。

奇しくも墓石に刻まれた〝その日〟は、最愛の父を亡くした日であるとともに、新しい友人ができた日でもあり――、

「サラは、今日で十六歳を迎えることができました」

少女――サラ・アイアネスの誕生日でもあった。

安心してください、と願いを込めて、ひとつ歳を取ったことを墓前で告げる。

「屋敷のみんなは、元気です。……でも、その、もうお父さまが知っている者は、屋敷にはおりません。カノンやベルも、お父さまが亡くなり、援助が打ち切られてからというもの、うちに顔を出さなくなりました……」

それでも、父の命日には必ず花束が添えられているのを、サラは知っている。実際に確かめたことはなかったが、たぶん、父と懇意にしていたふたりなのだと思う。――そう、思いたい。

「……さみしいですが、みなさんそれぞれ事情をお持ちだものね。わがままを言ってはいけないとわかっていても、カノンやベルのように、見知った顔が見られなくなるのは、正直悲しいです」

父を知る人間が屋敷を去るたび、父が忘れられていく気がした。それが嫌だと思うのは自分のわがままだとわかっていても、やはり寂しさは拭えなかった。

自嘲気味な苦笑を浮かべ、サラは視線を上げる。

「叔父さまは、今日からまた国を出るらしいわ。この間も長く国を出られていて、ようやく戻られたと思ったのに……、医学者というのは大変な仕事なのね」

一年のほとんどを雪に覆われているプレスコット王国は、別名〝雪の国〟と呼ばれている。気候と土地柄のせいで農作物が育たず、それをどうにかしようと知恵を持ち寄ることが多くなった。

結果、生きるための知恵が知識へつながり、知識を極めた者を生み出した。

近隣諸国が水不足で悩んでいれば灌漑《かんがい》に長けた者を、はやり病が発生したら薬学に長けた者を派遣し、その報酬を物資に変えたのが始まりだ。土地が育んだ知恵を国益にしていくと、各地で活躍する彼らをどこかで見たのか、学びたいという少年少女が集まり、小さな学びの場が出来上がる。そこから輩出された者が人の命を救い、その噂を聞きつけた貴族の命を救おうものなら「すごい」と話が広まる。命を救われた貴族たちはこぞって多額の寄付をプレスコットにするようになり、その寄付金で、国は王立学院を設立した。

学ぶ意欲のある若者だけでなく、様々な国で薬学、医学を独自で学んでいた者たちも集うようになり、長い年月をかけ、大陸中の症例がこの国へ集まる基盤ができたのだった。

アイアネス家を築いた先祖も、プレスコットへ薬学を学びにきたひとりだ。

先祖は、近隣にある花の国《ウィステリア》出身で、プレスコットで技術を学び、その知識を持ってウィステリアの植物が薬になることを発見。それをウィステリアに報告し、プレスコットとの橋渡しに大きく貢献したという。アイアネス家が宮廷薬剤師に抜擢されたのは、その功績を称えてのことだった。現在、ウィステリアの協力のもと、薬の精製にも国をあげて取り組んでいる。

「ああ、そうだわ」

何かを思い出したように両手をぽんと叩き、サラは微笑む。

「お父さまが一番聞きたい方のお話を忘れてはいけなかったわね」

こほん、と軽く咳払いをして、墓前の父に続けた。

「おじいちゃんも、とても元気よ。昨年、政務をご長男のライオネルさまにお任せになられてからは、ゆっくりしているみたい。……といっても、最近では直接会う機会がなくて、……その、人づてで聞くことのほうが多いから……、詳しいことはわからないの。あ、でも、ちゃんとお手紙は続けているわ」

以前、サラが国王に、手紙を書かない時期があった。

国王との手紙のやりとりは楽しくて好きだったが、多忙を極める公務の合間に、自分と手紙のやりとりをするのは負担かもしれない、と思ったからだ。しかし、そんな遠慮を国王はすぐに見抜いたのか、サラのもとまでお忍びで会いに来たことがあった。

それ以来、手紙を欠かさないことにしている。

「もしまた、おじいちゃんが会いに来たら城のみなさんに迷惑がかかるし、お父さまもお母さまも心配なさるでしょう？　だから、何があってもお手紙だけは出しているの。それから、おじいちゃんからのプレゼントは、今年も受け取らないことにしていますから、お父さまもお母さまも安心してくださいね」

毎日、両親の墓へ花を手向けに来てはいても、やはり〝今日〟という特別な日には、父だけではなく母も一緒に、そこで「うんうん」と頷いてくれているような気がして、話が止まらない。だから、なにげない日々の出来事や、今まで報告していなかったことを交えていたら、あっという間に太陽が傾き始めていた。

「いっけない、そろそろ行かないと……！　今日ね、これから叔父さまのおつかいをしに、街へ行くことになっているの。叔父さまが戻ってきたときに、必要になるものなんですって。それじゃお父さま、お母さま、また明日ね」

サラは立ち上がり、最後にもう一度父の墓石へ微笑むと、溶けかけている雪に覆われた草道を歩いて出口へ向かった。

「えーっと、確か……」

緑の多い、公園のようなのどかな墓地を出たサラは、叔父に言われたことを思い出しながら歩を進める。さほどここから離れていないところだったはずだ。記憶と、通りの名前が書かれた看板を頼りに目的地へ歩いていくのだが。

「……本当に、こっちであっているのかしら？」

大通りから外れた路地、それも屋敷の者から「近づいてはいけない」と言われていた、薄暗い裏通りのほうへと向かう。人通りも少なくなり、夜へ近づく時間帯で薄暗さがさらに増した通りを歩くのは、正直心細い。道を間違えたのかもしれないという不安も手伝ってか、かすかな物音にも身体がびくついた。

——……どうしよう、怖い。

だからといって、叔父からのお使いを投げ出すわけにもいかなかった。

一度立ち止まったサラは、その場で深呼吸を繰り返し、気持ちを切り替えたところで顔を上げた。すると、目の前にさっきまでなかった壁がある。なんだろうかと、さらにそれを見上げたところで——ぴしっと身体が固まった。

「やあ、お嬢ちゃん」

壁だと思っていたのは頭を丸刈りにした大男で、彼はすきっ歯を覗かせて笑っていた。

「こんなところで、どうした？」

今にも失神しそうになるのを堪えるように、サラはぎゅっと手を握りしめる。爪が手のひらに食い込むかすかな痛みで、どうにか正気を保つ。が、肝心の声が出ない。身体を強張らせるばかりのサラに、大男は困った様子で頭をぽりぽりと掻いていた。

困っているのは、サラも一緒だ。

このまま黙っていても、叔父に頼まれたお使いをすませることはおろか、時間までに屋敷へ戻ることもできないかもしれない。サラは小さく息を吐き、緊張で暴れ出しそうになっている心臓を口から飛び出させないよう、ゆっくりと言葉を紡いだ。

「あ、の」

「ん？」

「…………私、フローリアって……お店に……ッふぁ⁉」

勇気を出して店名を告げた直後、後ろから右手を掴まれてしまい驚きの声をあげる。手を後ろに引かれたと思ったら、あっという間にフードをかぶった人物の背に隠されてしまった。

「彼女は、俺のモノだ」

フードをかぶった男が言う。

「お？　おお、なるほどなるほど。うん、そういうことなら、ここで見たことは誰にも言わないでおくから安心しなよ。常連さん」

「勝手に常連にするな。ともかく、彼女は連れていく」

言いながら男はサラの手を引き、来た道を戻り始めた。その背中と、後ろにいる大男を交互に見て困惑するサラに、大男はまたすきっ歯を覗かせた笑顔で手を振った。

「お嬢ちゃんも気をつけてな。もう、こんなところにくるんじゃないよ」

外見で恐ろしいと思ってしまったが、もしかしたらとてもいい人なのかもしれない。そう認識を改めている間に、男が角を曲がったため、サラは大男に謝ることもできなかった。

男は少し先に停められている馬車へ近づき、人の目から隠すようにしてそこへサラの背中を押し付けた。

そして逃げようなどと考えるな、と言わんばかりに顔の横に手を置かれる。

「……」

男の顔はフードが邪魔でよく見えない。が、サラは彼をよく知っている。

彼は国王と〝友達〟になった際紹介された人物で、以来ずっと国王とサラの橋渡しをしてくれている。外出時に、決まって美しい女性を伴っていることから〝女好き〟としても有名で、その証拠にサラと会うときはいつも違う女性を連れてきていた。つまり彼の声を聞いただけで誰なのかわかる程度には、交流のある相手だ。

サラは小さく息を吐く。

「……私がいつ、あなたのモノになったのでしょうか？」

冷静に問いかけるサラに、男もまた冷静に答えた。

「ついさっきだ」

「冗談は、私ではなく別の方に囁いてください」

ため息を堪えて返答すると、男はため息交じりに言う。

「あのなあ」

「というか、今日はいつものように素敵な女性と一緒ではないのですか？」

彼の周囲をきょろきょろと見回してみても、不思議なことにそれらしい女性はいなかった。サラがフードの男に視線を戻した直後、直感が働く。

「あ、わかりました。馬車の中にいるのですね！」

「笑顔でわけのわからないことを言うな、いるわけがないだろ」

「そんなはずありません！　あなたが女性を連れて歩かない日があったら……、ああ、だから、今朝は雪が降ったのですか」

「雪なんぞ、この国ではいつものことだ」

「では」

「あまりうるさいと、無理やり黙らせるぞ」

男は言いながら片方の手で、サラの丸い頬を覆った。かと思うと、流れるような動作で唇を近づけてくる。

「冗談……です、よね？」

しかし、彼は止まらない。鼻先を彼の香りがかすめ、唇に彼の吐息が触れたところで、我に返ったサラは慌てて顔をそむけた。その直後――やわらかな唇が頬に触れる。

そのぬくもりと感触に、肌が一瞬でざわついた。

「……ま、子どもにはこれぐらいがちょうどいいか」

唇が離れていく際に、ちゅ、というかわいい音がして一気に頬が熱くなった。

「も、もう十六になりました！」

「子どもではないと抗議するところが、まだまだ子どもだ」

ふ、と口元で笑ったフードの男が離れ、馬車のドアを開ける。たぶん、馬車に乗れ、と言外に告げているのだろう。サラは黙って馬車へ乗った。フードの男が続いて乗り込むと、馬車はゆっくりと走り出す。

馬の蹄の音とともにかすかに揺れる車内で、サラは正面でフードを取った男を見た。

「それで、私にどのようなご用でしょうか。――メルヴィンさま」

金糸の髪をさらりと揺らし、ゆっくりと双眸が開かれる。夜へ向かう、ちょうど今の時間帯の瑠璃色の空のような色をした瞳が現れた。

彼の名前は、メルヴィン・プレスコット。

この国の誰もが知る――第二王子だ。

彼は静かに息を吐き、口を開けた。

「単刀直入に言う。父上……、陛下が先程崩御された」

一瞬、何を言われたのかわからなくなる。

メルヴィンの言っていることの意味はわかるはずなのに、心がそれを頑なに拒否しているかのように頭に入らなかった。呆けるサラに、メルヴィンはもう一度静かに告げた。

「父上が、亡くなられたんだ」

はっきりと告げられた内容をようやく理解し、息が詰まる。

「……メルヴィンさまのお父さまって、……この国の国王……で」

「ああ」

「父が……、私のお父さまが、庇った方で」

「そうだ」

「……私が……ずっと、お手紙をやりとりしている……おじい……ちゃん?」

信じられない気持ちでメルヴィンを見ると、彼は隣に座ってサラを抱きしめてくれた。

その瞬間、国王に初めて抱きしめられたときの腕の強さが身体に蘇る。

胸を熱くした思いが込み上げ、涙となって溢れ出た。

「……ッ」

気づいたら、メルヴィンの外套《がいとう》をぎゅっと握りしめて縋るように泣いていた。肩を震わせ、声を殺し、彼の胸元に額を押し付けて涙を流しながら「どうして」とつぶやく。

父のときと同じだ。

死の予兆など感じさせず、国王も逝ってしまった。

いつもならあるはずの花束がない墓前を見て、嫌な予感がすることもなければ、こんな結末が待っているとも思わなかった。手紙でのやりとりでは元気だったはずなのに、どうしてこうも急に、大事な人がいなくなってしまうのだろう。

「……父上が病に倒れたのは、二年前だ」

国王の死を悲しむサラの背中を優しく撫でながら、メルヴィンは静かに続ける。

「少しずつ、身体が化石のように硬くなっていく病気らしくてな。右足が動かなくなったころから、父上は何があってもいいようにと、兄上に王位を譲る算段をたて、手が動かなくなったころから、おまえへの手紙を代筆させていた」

メルヴィンの言葉に思い当たる節があり顔を上げると、彼は頷いた。

「そうだ。おまえと会えなくなったのは、病気が発覚したからだ」

驚きに目を瞠るサラに微笑み、メルヴィンが目元をそっと撫でて涙を拭う。

「暗殺でもなければ、無理がたたったわけでもない。……いつかくる死が、病魔に冒されて少し早く訪れただけのことだ。死に際は、とても穏やかだったよ」

だから、安心していい。

そう伝えるように、メルヴィンが優しく頭を撫でてくれる。

しかし、それでは自分だけだ。

彼の心を心配する人間は、いるのだろうか。

「……メルヴィンさまは？」

「メルヴィンさまは、大丈夫……？」

サラのときは国王が抱きしめてくれたが、今の彼にはそういう人が身近にいるのだろうか。父を亡くしたときの自分を思い出し、王子という立場上、泣くことも許されないのではないのかと心配が浮かんだ。

メルヴィンは、少し驚いたように目を瞠ってから苦笑した。

「俺のことより、おまえのことだ」

「え？」

「その話はあとでしてやるから、今は泣いていろ」

目元にたまった涙を、再びメルヴィンの指先が拭う。その優しいぬくもりに、猫のようにうっとりした。このまま目を閉じて、彼の腕の中で眠りこんでしまいたいとさえ素直に思う。しかし、そういうわけにもいかない。屋敷では、サラの誕生日を祝う料理がテーブルに並べられていることだろう。

それに、叔父から頼まれたお使いもある。

サラはメルヴィンの腕の中から出て、目元にたまった涙を手の甲で拭った。

「お話はわかりました。……おじいちゃんのことは、王家からの公式発表があるまで、黙っていればいいのですね」

「ああ。……だが、おまえはたぶん、わかっていない」

苦笑を浮かべたメルヴィンが、サラの頬を手で覆う。

「俺が、どうしておまえを迎えにきたと思う？」

「……どうしてって……」

さっきまで泣いていたせいか、頭がうまく働かない。

首を傾げるサラに、メルヴィンは続けた。

「父上が、おまえを俺の嫁にと望んだからだ」

言っている意味が、わからなかった。

「……はい？」

「父上が、最期に言ったんだ。サラを俺の嫁にするようにって」

「え？　え？」

「だから、さっきの言葉は嘘じゃない」

さっきとは、いつのことだろう。

今日はメルヴィンに会ってからというもの、すぐに理解が及ばない話ばかりで、正直頭がついていかない。頭の中が真っ白に染まっていく中、サラは話を整理するように、メルヴィンの言葉を繰り返した。

「……おじいちゃん……が、私を……メルヴィンさまの妻に？」

「ああ。サラの父同様、サラの誕生日に逝くことを許してほしい、とも言っていた」

「……メルヴィンさまが、おじいちゃんから私へのプレゼント……ってことですか？」

「そういうことだ。——今、このときから、サラは俺のものになった」

簡潔に自分の運命を述べられ、サラは絶句する。

メルヴィンは簡単に〝妻〟などという言葉を口にしたが、サラは今日十六歳になったばかりだ。いきなりそんなことを言われても、そう簡単に受け入れることはできなかった。

「お断りします」

即答したサラに、メルヴィンが不機嫌に眉根を寄せる。

「……一応、理由を訊いておこうか」

「メルヴィンさまの子どもを産みたくないからです」

それにはさすがのメルヴィンも一瞬固まった。

「……は？」

「王家との婚姻は、世継ぎのためのものと伺っております。私、両親のように、幸せな結婚をするのが夢なんです……。仲睦まじいと周囲に言ってもらえるような、深い愛情がある結婚がしたいのです。子どものために気持ちのない結婚など、したくありません」

「……」

「……メルヴィンさまは誰でも、どなたでも愛せるかもしれませんが、私は無理です。伴侶となるたったひとりを愛して、その方の子が産みたいのです」

「……国王陛下の遺言でもか？」

「はい」

そうはっきりと告げたサラの脳裏に、いつも違う女性を連れているメルヴィンの姿が蘇った。そのときの彼は、なんとなく誰かを探しているような、どこか遠くを見るような、どこか満たされない感情を持て余しているような、退屈な表情をしていた。

そんなふとしたメルヴィンの表情を人垣の間から見たサラは、気づいてしまったのだ。

――彼が、恋をしていることに。

「……私、知ってるんです」

「何をだ」

「メルヴィンさま、好きな方がいらっしゃるでしょう？」

「……」

「女性と街中で歩くのを見かけても、その表情はいつも〝誰か〟を求めているように見えました。そんなに好きな女性なら、私などではなく、その方と結婚したほうがいいのではありませんか？」

はっきりと自分の気持ちを伝えるように、真剣な眼差しを向ける。メルヴィンは、ただ黙って馬車の揺れに身を任せていた。だが、やがて息を吐く。

「……悪いが、おまえがなんと言おうと遺言は絶対だ。俺たちの結婚はすでに決定された」

「そんな……」

「だが、嫌がる女を自分のものにする趣味はない」

メルヴィンは、じっと見つめるサラの左手を持ち上げた。

「ここで誓う。俺はおまえ以外の女には触れない。俺の花嫁になってくれるのなら、俺は喜んでおまえの〝たったひとり〟になろう」

真剣な眼差しでそんなことを言われたら、胸がぎゅっと摑まれたように苦しくなる。

「え、あの。待ってください」

「ん？」

「そんな誓いなんてしたら、女遊びができなくなりますよ？」

「構わん。寄ってくる女の相手をするのも、もう飽きていたところだ」

彼の口から飛び出た言葉の数々に絶句し、サラは目を瞬かせた。

「とにかく、俺が子をもうけなければいけない状況になるまで、おまえには手を出さないから安心しろ」

「え？」

「……愛のある結婚とやらがしたいのだろう？」

「そう……ですけど」

「だったら、おまえが俺のことを好きになれば万事解決だな」

「ええ⁉」

「そうしたら、俺は遠慮なくおまえを奪う」

昼と夜が入り混じった空の色をした瑠璃色の瞳は、思いのほか真剣に見えた。まさか、メルヴィンがここまでするとは思わなかった。いつもと違うからかいのない視線に、サラは心臓を大きく高鳴らせ、たじろぐ。

「つまり、これがおまえの望む結婚に一番近い方法だ」

そうだけど、そうではない。

サラは突きつけられた夢のような現実に、まばたきを繰り返す。言葉など出てこない。むしろ、なんて答えたらいいのかさえわからなかった。ただただ戸惑っている沈黙を肯定と捉えたのか、メルヴィンはサラの左手を恭しく持ち上げた。

「今、このときこの瞬間をもって、メルヴィン・プレスコットはサラ・アイアネスのものになることを誓おう」

そして、メルヴィンはサラの薬指に誓いのくちづけを贈った。

彼は、今のを指輪の代わりにでもするつもりなのだろうか。

頭が真っ白に染まっていく中、現実を受け入れられないサラと現実を突きつけたメルヴィンを乗せて、馬車は王城へ向かった。


「――以上が、私の知る『昨日』の記憶です」

すべてを話し終えたサラは、未だにベッドの上で上掛けを頼りに肌を隠していた。

つまり、まだ裸だ。

というのも、サラの渾身の叫びを聞いた直後、メルヴィンは無言で立ち上がり、赤面するサラを放置してガウンをひっつかむと、それを羽織って出ていった。ひとり寝室に残されたサラが呆けること数分「そうだ、服を着よう」と我に返ったところで、メルヴィンはひとりの男を連れてきた。

医術を心得ている宮廷薬剤師のカノンだ。

彼は、宮廷薬剤師であった父の弟子で、サラとも旧知の仲だった。とはいえ、自分の肌を見せるのには抵抗がある。せめて服ぐらい着させてほしいと懇願したのだが、そんなささやかなサラの願いをメルヴィンが汲んでくれるはずもなく、問答無用で昨日の話をするに至ったわけである。

目の前で真剣に話を聞くカノンと違い、メルヴィンは視界の端、ベッド脇のサイドテーブルに半ば腰をかけるようにして寄りかかっていた。サラの話が終わっても、腕を組み、目を伏せたままで、表情は変わらない。何を考えているのかもわからなかった。

どうしたものかとサラが視線を落とそうとしたところで、カノンから声をかけられる。

「サラさま、私の指先を見ていただけますか？」

言われたとおり、目の前に差し出されたカノンの指先を見た。

右へ左へとゆっくり動く彼の指に合わせ、目で追う。これで何がわかるのかはわからないが、カノンがサラに寄り添おうとしている思いは伝わってきた。

「……はい、ありがとうございます。もう、普通にしていいですよ」

ふぅ、と小さく息を吐いたサラの前で、カノンは視線をメルヴィンへ移す。サラもまたメルヴィンを見ると、彼は静かに目を開けた。

「恐らく、記憶障害のひとつかと」

「……記憶障害？」

「ええ。記憶喪失によく似た症状ですが、すべてを忘れてはおりません。先程、サラさまに話していただいた内容からすると、恐らくこの二年の記憶がすっぽり抜け落ちています。退行と言い換えていいかもしれません。サラさまからしてみたら、記憶が十六歳で止まったまま、身体だけが十八歳になっている状況だと思われます」

その衝撃の発言に、言葉が出なかった。

目が覚めたら二年も時間が経っていただなんて、誰が想像できただろう。

サラはどこか違う世界に放り込まれたような気分で、己の両腕を抱いた。困ったことに、信じたくなくても、現に目の前にいるメルヴィンはサラの知っているメルヴィンよりも大人びている気がする。さらに言えば、自分の身体も――メルヴィンにはささやかだと言われたが、サラにとっては驚くべき成長を遂げていた。

胸が小さいことを気にしていたせいか、二年後の自分の成長ぶりが素直に嬉しい。

そう純粋に思うが、やはりどこか漠然とした恐怖もある。

——……嬉しいのか、怖いのか、……よく、わからないわ……。

視線の下にある、少し大きくなった胸を見つめ、サラはため息をついた。

「……抜け落ちた記憶は、もとに戻るのか？」

「わかりません。医療に秀でた我が国の知識、技術をもってしても、頭に関してはまだまだ未知の世界です。はっきりとしたことは言えません。……ですが、可能性の話をすれば、記憶喪失のように、何かの拍子に思い出すことがあるかもしれません」

まだ、希望はあります。

そう伝えるようにメルヴィンを見つめるカノンに、彼は小さく息を吐いた。

「治療法は？」

「残念ながら、現段階では」

「俺は、どうすればいい」

「……記憶障害の多くは、極度の精神的負担や頭を打ちつけるなどの重度の外傷を負うと、発症しやすくなる兆候があります。……まあ後者はまずないでしょう。サラさまに何かあったら、すぐに私のところへ来ているはずですから、私が覚えております。……つまりこの場合、極度の精神的負担をかけるようなことがあった、と思うほうが自然です」

「……」

「昨夜、メルヴィンさまは一体、サラさまに何をしたんですか？」

「……」

「メルヴィンさま」

どこか責めるような物言いで続けるカノンの圧力に、しばらく押し黙っていたメルヴィンが諦めたように小さく息を吐く。

「『愛している』と、言った」

はっきりとした返答に、カノンは勢いよく椅子から立ち上がった。

「嘘をつかないでください！」

「は？」

「愛の言葉で、極度の精神的負担がかかるわけがありません!!」

「知るか！　俺は、それしか言っていない！」

「では、どうしてこの二年、結婚してからの記憶だけがなくなっているのですか!?　アイアネス侯の弟子である私のことを、サラちゃんはちゃんと……、失礼。サラさまはちゃんと覚えててくださいました。それなのに結婚をしていた事実を覚えていないということは、こうなった原因は結婚にあるのかもしれないんですよ」

「……」

「そうでなければ、他にも言った言葉があるのではないですか⁉　ほら、いつも会議で言っているようなひどいこととか、口喧嘩でもしたはずみでぽろっと！」

「あのなあ、会議で俺が言っているようなことをサラに言ってどうする……。それに、結婚する前も後も、サラと口喧嘩をしたことはない」

メルヴィンは、困ったように、どこかさみしげにため息をついた。

サラはふたりのやりとりを眺め、にわかに信じられない会話を右から左へ聞き流し、違うことを考える。十八歳の自分は、メルヴィンに「愛している」と、彼が一番言いそうにないことを言ってもらえる女性だったのだろうか、と。

だが、考えてもわからなかった。当然だ、わかるはずがない。

今のサラは、心と身体がちぐはぐで、自分であって自分ではないのだから。

「……あの」

小さな声を出したサラに、メルヴィンとカノンの視線が同時に向けられる。

「そろそろ、出ていっていただけないでしょうか……」

申し訳なさそうに、それでいて「早く服を着たい」という主張を込めて伝えると、カノンはようやくサラが服を着ていないことに気づいたのか、頬を染めて寝室から出ていった。

残されたメルヴィンも、カノン同様出ていくのかと思ったが、サラを見たまま動かない。

「……何か？」

恐る恐るといった様子で問いかけるサラに、メルヴィンは眉根を不機嫌に寄せてから黙って背を向けた。寝室のドアが閉じたのを見計らって、サラは盛大に息を吐く。

知らず知らずのうちに、緊張していたのかもしれない。

ようやく、息が詰まりそうなメルヴィンの視線から解放された。

無駄に整った顔をしているせいだろうか。

黙って見つめられるだけで、居心地がとても悪かった。サラは腕を上げて軽く身体を伸ばし、気持ちを切り替える。

――まずは、着替えなくちゃ。

それが終わったら、叔父からのお使いはどうなったのか確認をしよう。

次の行動に移るべくベッドから足をおろしたところで、ドアをノックする音が響く。驚きのあまり肩を震わせたサラの前でドアがゆっくりと開き、見知らぬ女性が現れた。

「失礼します」

断りをいれて中に入ってきた彼女は数人の侍女を引き連れ、呆けるサラを横目にてきぱきと指示を出す。そしてサラをベッドから立たせて身体に巻いていた上掛けを奪い取った。

言葉もないまま、ちゃっちゃと支度が進められていく。

いまいち自分の状況が理解できない。状況に流されるままでいると、サラの背後に回り込んだ女性が耳元でそっと囁いた。

「事情は伺っております。どうか、このまま黙って支度が終わるのをお待ちください」

口早に告げた彼女は、一気にコルセットの紐を引き、サラの腰を縛りあげた。一瞬、息が詰まったが、すぐに足に力を入れて踏ん張ったおかげでよろけることはなかった。

ドレスを着せられたあとは、数人の侍女たちが寝室から出ていき、指示を出した女性とふたりきりになる。彼女はサラを椅子へ座らせると、髪を結ってくれた。

「先程は失礼いたしました。いくら医術を学んだ薬剤師とはいえ、サラさまをいつまでもあんな格好のままにしておくだなんて……、我が兄ながら信じられません。妹として恥ずかしいかぎりです、本当に申し訳ございません」

その瞬間、サラの記憶の扉が唐突に開く。

最初に目に入った彼女のそばかすと、その記憶の中の小さな少女が重なった。

「……もしかして、ベル？　……ベルなの？」

「はい、カノン・ハルフォードの妹、ベルでございます。サラおねえさま」

その親しげな呼び方に、サラは思わず椅子から立ち上がり振り返った。

カノンと同じやわらかなブルネットの前髪を揺らし、ベルは恥ずかしそうにはにかむ。そばかすを見られるのが恥ずかしいと、カノンの背に隠れていた小さなベルが、こんなにも立派になっていたとは。

気づいたときには椅子を回り込んで、ベルを抱きしめていた。

「ふわぁ、サラおねえさま⁉」

驚きの声が耳元で聞こえたが、サラは腕の力を緩めなかった。それをベルも理解したのだろうか、そっとサラの背中に手を回してくれる。

「最後に会ったのはお父さまの葬儀のときだから、えと、六年前……じゃなくて、今はあれから二年経ってるから」

「八年前でございます」

サラと違い、落ち着いた声で答えるベルに、なぜか泣きそうになった。

「八年も⁉」

それだけ会っていなければ、大人になったベルがわからないのも無理はない。かつての面影が多少あるとはいえ、一瞬見ただけではわからないぐらい立派に成長していた。

「ふふ」

驚きで言葉が出ないサラの耳に、ベルの笑い声が届く。

「やっぱり、サラおねえさまはサラおねえさまですね」

「え？」

「実は、二年前に私と再会したときも、同じやりとりをしたんですよ」

「……二年前も？」

「ええ。私がご挨拶をしたら、今と同じように」

そっと離れるサラに、ベルは楽しげに笑った。

「再会を喜んで、抱きしめてくださいました」

「ねえベル、もしかしてあなた……」

「ええ。メルヴィンさまとお兄さまから、サラさまの身に何があったのかを、ある程度聞いております。何かご不安なことなどありましたら、いつでもご相談くださいね」

実年齢は明らかにサラのほうが上のはずなのに、不安を与えないよう笑顔を向けてくれるベル。そんな彼女の変わらない優しさに、心の中があたたかくなった。

「ありがとう、ベル」

「では、参りましょうか」

サラの感謝に応えるような微笑みで、ベルはさらりと脈絡もないことを言う。

一体、何がどうしてそうなったのか理解できずに呆ける。するとベルはサラの手を取り、歩き出した。状況に流されてばかりだとはいえ、どこへ行くのかは知りたい。

「どこへ行くの？」

「今のサラさまに、必要なことです」

「……私に？」

「はい。事情は馬車の中でご説明いたしますので、まずは城を出ましょう」

くるりと振り返って愛嬌のある笑顔を見せ、ベルはサラの手を離して寝室のドアを開けた。戸惑いながらも促されるまま廊下へ出たサラは、不思議な気分に包まれる。

城内を歩いたことはほとんどないというのに、心が懐かしさに震えた。

こんなことがあるのだろうかと不思議に思いながら、ベルとともに城を歩く。

途中、すれ違う侍女や兵士、貴族たちの挨拶に会釈し、サラは城の外に停められていた馬車へ乗り込んだ。規則正しい馬の蹄の音とともに、馬車はゆっくりと城を離れる。

「なんだか、変な感じだわ」

ようやく息がつけると、サラが吐息混じりにつぶやく。

それを聞いて、隣にいるベルが小さく笑った。

「城は、窮屈ですか?」

「……ええ」

疲れたように答えたサラが、ちらりと横目でベルを見た。なんとなく楽しそうな彼女の様子に、既視感を覚える。

「……もしかして、二年前の私も……?」

「はい。同じことをおっしゃっていましたよ」

「……私は何も変わっていないのね」

「変わる変わらないではなく、サラさまが、サラさまだということですよ」

「成長という意味では、あまり嬉しくない言葉だわ」

「そうおっしゃらないでください。……その変わらない部分が、ときに誰かの救いになることもあるんですから」

そう言われて、なんとなく先程のことが蘇った。

「……さっき、ベルが私に昔と変わらない笑顔を向けてくれたときのような？」

ぽつりとつぶやくと、驚きをあらわにしたベルが視線を向ける。その様子に、どうやら二年前の自分とは違う反応をしたのだと、なんとなく気づいた。

「なぜ、そのように思われたのですか？」

サラは少し視線をさまよわせてから、ゆっくりと理由を語った。

「……お父さまが亡くなって、うちからの援助がなくなってしまったでしょう？　当時、父のもとで学びながら薬剤師の見習いをしていたカノンも、アイアネス家の後ろ盾をなくして、きっととても困ったと思うわ」

貴族社会というのは、爵位や家柄を重視する。

父から聞いたところによると、ハルフォード家は没落一歩手前だったそうだ。そのせいで、カノンは父に会うまでひどい扱いを受けていたらしい。だが、アイアネス家が後ろ盾となり、ハルフォード家に援助をしたことで、その地位が少しずつ回復していったという。

それが両親の死後、叔父が家督を継いでからというもの、母とサラがハルフォード家に援助をしてほしいと何度懇願しても、叔父はそのお願いだけはきいてくれなかった。

「だからといって、私もお兄さまたちも、サラさまに、アイアネス家に感謝こそすれ、恨んだことは一度もございません」

必死に己の心を伝えようと訴えてくるベルに、サラは苦笑を浮かべる。

そして、膝の上に置かれている彼女の手に自分のそれを重ねた。

「ええ。わかっているわ。カノンも、ベルも、そういう人間ではないことぐらい、私が一番わかっている。……それでもね、人間というのは、……いいえ、とりわけ私が弱いのかもしれないけれど、……ベルにどんな顔で会ったらいいのかわからなかったの」

「……」

「理由はどうあれ、私は、アイアネス家は、ベルに昔のように笑ってもらえないようなことをしてしまったわ。……会うのが怖くなかったと言ったら嘘になる。だから、ベルに笑ってもらったときは、泣きそうなほど嬉しかった」

にっこり微笑むサラに、ベルの目がほんの少し潤んだ気がする。

「ありがとう。私が勝手に持っていた罪悪感を、ベルの素敵な笑顔で救ってくれて」

感謝をこめて再びベルを抱きしめると、彼女が肩口に顔を押し付けてきたのがわかった。

ぐいぐいと顔を押し付けてくるベルの背中に手を伸ばし、ゆっくりと撫でてやる。

「あのときは、本当にごめんなさい。力になれなくて」

首を横に振ったベルに、サラは続けた。

「いくら叔父に頼んでも、どうしても首を縦に振ってくれなくて……。ご家族みんな、大変だったでしょう？」

もう一度、ベルは首を横に振った。

「ちゃんと一言謝りたかったのだけれど、小さかった私にはどうすることもできなくて、だからといってベルとカノンのところへ行こうにも、……お母さまもすぐに亡くなられてしまって……、ああ、だめだわ。これではただの言い訳に聞こえるわね」

サラの腕の中で首を横に振っていたベルが、そっと顔を上げる。

汗で張り付いた前髪を上げてやると、頬を涙で濡らし、目元を赤くしたベルと目が合う。

「……もし、今の話も二年前の私がしていたとしたら、ごめんなさい」

苦笑するサラに、ベルはかすかに視線を落としてから再びサラを見た。

「確かに二年前のサラさまも、うちへの援助が打ち切られたことを謝ってくださいました。でも、それ以上のことは何も。……私たちのことを、そんなふうに思っていたなんて、知りませんでした」

「……そうなの？」

てっきり、二年前の自分も今の自分と同じように言葉をかけていたものだと思っていた。

驚きに目を瞠るサラに、ベルは微笑む。

「もしかしたら、先程のサラさまのように、今さら言っても言い訳に聞こえるかもしれないと思い……、黙っていたのかもしれませんね」

「もしそうなら、私は過去の私に申し訳ないことをしてしまったかしら」

いくら同じ人間とはいえ、過去の自分が黙っていたことを今の自分が言うのは、なんとなく罪悪感を覚えた。視線がかすかに落ちた先で、自分の手がベルの両手に包まれる。

「そんなことで怒るような方ではありませんでしたよ、サラさまは」

「……だったら、いいのだけれど」

「少なくとも、私は、私の知らないサラさまのことを聞かせていただいて、とても嬉しかったです。私たちのために尽力してくださったこと、改めてお礼申し上げます」

そう言って微笑むベルを見たら、それ以上何も言えなかった。

自分で自分に遠慮したり、それで罪悪感を覚えたりして、なんとも奇妙な気分になりながらもサラはどこかほっとしていた。それが十六歳の自分のものか、十八歳の自分のものなのかはわからないが、向けられた感謝を受け入れるように微笑んだ。

「それから、……これも二年前のサラさまにはお話ししたのですが、実はうちへの援助は続いておりました」

「え？」

「生前、アイアネス侯がしたためていた手紙を、兄が預かっていたのです」

その手紙には、自分に何かあったときのためにと、ハルフォード家の今後に関することが綴られていたそうだ。カノンへの後ろ盾は別の侯爵家へ頼んでいたらしい。同封していた手紙をその侯爵家へ渡すことで、今までと変わらないよう取り計らってくれていた。

金銭の援助にしても、そう。

宮廷薬剤師をまっとうすることなく死を迎えた場合、王家から多額の給付金が出るという。そのほとんどを、ハルフォード家へ渡すよう手配していた旨、書かれていたそうだ。

「事故で亡くなられたと知ったときは驚きました。特にお兄さまはショックが大きくて……。私もお兄さまも、すぐにサラさまに会いたかったのですが、サラさまの愛するお父さまが遺してくださったお金が無意味にならないよう、会いたいのを我慢して勉強していたのです。いつか、アイアネス家にご恩を返すのだと心に決めて」

ベルの話を聞きながら、会えない間の苦労が伝わってくるようだった。

当時、といってもサラからしてみたら昨日のことなのだが、会えないことが寂しいなどというわがままを言っていた自分を恥じる。

「おかげで、お兄さまは宮廷薬剤師に、私はこうして王城付きの侍女にまでならせていただきました。今では、サラさまの専属なのですよ、私」

信じられないでしょうと続けたベルに、サラは顔を上げる。

「ベルがこうしてそばにいてくれるだけで、私はとても心強いわ。たくさんがんばってくれて、ありがとう。これからも、頼りにさせてね」

今のベルたちに至るまで、どれだけの努力があったのだろう。

それを思うと、カノンやベルに感謝しかない。また、父の優しさの象徴のような手紙のおかげで彼らがいるのだということも、サラは忘れてはいけないのだと改めて思った。

ベルが照れたように微笑むと、馬車が大きく揺れてかすかに身体が浮く。

「ひゃッ」

「サラさま……！」

隣にいるベルが抱きついてきた。サラもまた突然のことに驚きながらも、咄嗟に窓へ手をかける。馬車は一瞬、大きく左へぐらついたが、サラとベル、ふたり分の体重がかけられているだけあって、すぐに浮いた車輪は地面へついた。これが右にぐらついていたら、馬車は完全に倒れていただろう。

停まった馬車の中、心臓が慌ただしいほどの鼓動を訴え、サラは大きく息を吐く。

「ベル、大丈夫？」

「私は平気です。それよりもサラさまは……！」

勢いよく顔を上げたベルが、不安と焦りをないまぜにしたような表情をする。サラは安心させるように微笑み、大丈夫だと伝えた。

大事にならなくてよかった。

安堵の息を漏らし、ほっとしたサラは、顔を上げて窓の外を見やる。すると、見慣れた街並が目に飛び込んできた。

「……」

そこは、サラにとっての『昨日』。いつものように家から出て、いつものように帰るはずだった屋敷のそばだった。その瞬間、サラはベルから離れ、馬車のドアに手をかけていた。

「サラさま!?」

驚きの声をあげるベルをそのままに、サラは馬車を降りて走り出す。

背後からもう一度名前を呼ばれた気がしたが、振り返らなかった。心の中でベルに謝罪し、サラはドレスの裾を摑んで走る。景色のところどころに変化を感じては、半信半疑だった今の状況を心と身体が理解していく。それでもなお、屋敷に戻ったら何かが変わると信じて、サラは走った。

「……っはぁ、……はぁ……ッ」

最後の角を曲がったところで、サラは力尽きて近くにある木へ寄りかかる。

肩を上下に揺らし、呼吸を整えながら顔を上げると、少し先にサラが育った両親との思い出いっぱいのアイアネス邸があった——はずだった。

「え?」

二年前の記憶どおりであれば立派な邸宅があるのだが、そこにあるのは更地だ。

心臓の鼓動が少しずつ速度を上げていき、同じぐらい不安が膨れ上がっていく。

これが夢であってほしいと初めて思った。

父と一緒に学んだ薬草園も、母と一緒に種を蒔いて作った小さな庭園も、両親や叔父を見送るためにいつも見上げていた大きな門扉も、大きくあたたかな邸宅も、そこにはない。

どこにいってしまったのだろう。

そして、自分は今どこに立っているのだろう。

膨れ上がった不安が恐怖へ変わっていくのに、そう時間はかからなかった。サラは更地になった屋敷の跡地を前に、かすかに首を横に振る。受け入れたくない、と。

しかし同時に、これが現実なのだと目の前の景色を受け入れようとする気持ちもあった。

嘘だ。現実を見ろ。質の悪い夢だ。だったら起きて、夢から醒めて。

せめぎ合う相反する心の狭間で、サラは叫び出したい衝動を必死に堪えた。それでもなお、せり上がってくる感情の渦に巻き込まれたくなくて後ずさる。

もう、これ以上は無理だった。

目の前にある現実から逃げるように、踵《きびす》を返して駆け出した。

途中でベルに呼び止められた気がしても、サラの耳には届かない。がむしゃらに走りながらも、その実サラの足ははっきりと行きたい場所へ向かっていた。

「……っはぁ、っは、……っはぁ」

荒い呼吸を整え、どこか懐かしさを感じる場所へと辿り着く。

二年前も見たほとんど変わることのない風景に、強く心が揺さぶられたのがわかった。

「……う、……さま」

かすかに震える唇から、声が漏れる。

それは次の瞬間、はっきりとした言葉になった。

「お父さま、お母さま……ッ！」

駆け出した足に、ドレスの裾が絡みつく。ときおり足をもつれさせながらも、サラは公園墓地のある一点を目指した。その途中、誰かに名を呼ばれたような気がしたが、足を止めることはなかった。風をきる音が、そう聞こえたのかもしれない。それとも、両親に会いたいサラの気持ちから生まれた、幻聴だったのだろうか。

今は、どうでもよかった。

「……おとう……さま……」

肩を上下させ呼吸を整えようとするサラの前には、綺麗に掃除された父の墓がある。細かな砂埃は誰かの手によって払われ、花束がいくつも供えられていた。

そのうちのひとつに、見覚えがあった。

それは、新薬の開発をしているプレスコットと良好な関係を築き、花の国と言わしめる理由となった、国の名を冠するウィステリアのドライフラワーだ。毎年、サラよりも早く来た誰かによって、父の墓前に手向けられているもの。ウィステリアは、国外に出すとたちまち枯れてしまう不思議な花だが、切り花にすると数日保つ。さらにドライフラワーにすると、色鮮やかな色味は失われない。

サラも、好きな花だった。

いつも見ていた花を前に、ようやく自分の『日常』が戻ってきたような安心感に包まれる。身体から力が抜けていくのがわかり、サラはしゃがみこむようにして座り込んだ。

震える指で墓石を撫で、かすかに陽の光を指先に感じる。

変わらない、ぬくもりだった。

――……お父さま、お母さま。

父の墓前なのだが、なんとなくそばに母もいるような気がした。

「二年前より、花束が増えているでしょう?」

サラに追いついたのか、背後からベルの声がかかる。その優しい声に、サラは頷いた。

「……これは、かつてお屋敷にいた方々のものです。私たち以外にも、侯爵さまに恩を感じている人が、こんなにもいらっしゃるんですよ」

「……」

「サラさま」

静かに名を呼ばれ、今度は顔を上げて振り仰ぐ。

どうぞ、と言うように、ベルが大事に抱えた花束を差し出してくれた。赤や黄色、白に紫。ウィステリア王国で育てられた色とりどりの花々が、綺麗なリボンで束ねられている。

それを受け取り、サラは墓前に向き直った。

小さく息を吐き、サラは澄んだ青空のような瞳を細めて、目の前の墓石へ微笑んだ。

「ごきげんよう。お父さま」

昨日と同じく朝の挨拶をするように、手にした花束を手向ける。

明らかに昨日と違うのは、背後で雪の落ちる音がしないことぐらいだろうか。

鼻先をライラックの香りがかすめるということは、この国に短い春がきている証拠だ。

しかし、その香りは薄い。

きっともう、春は過ぎ去るのだろう。

サラの知らない、二年間のように。

「……私、帰る家がなくなってしまったの」

ただぼんやり、冷たい風に冬の記憶を感じていると、唐突に湧いた実感が唇からこぼれ落ちる。ああ、記憶を失うというのはこういうことなのだと理解した直後、ふいに雲間から太陽の光が差し込む。伸びた光は、墓石を、そしてサラをも、包み込んだ。

それは、かすかに冷えたサラの身体をあたため、かつての父と母の腕《かいな》を思い出させた。

おかえり、と。

どこからか声が聞こえた。——ような、気がする。

なんとなく変わらない何かを感じ、理解したのだろう。

サラは、きっとそこにいるであろう父と母に向かって、へにゃりと笑った。

「……間抜けよね」

もう笑うしかなかった。

自分の目で見た現実に、抗うことなどできない。左手薬指にはめられた指輪も、季節が違う景色も、つい昨日まで過ごしていた屋敷も、自分の置かれた状況も、すべて現実なのだと受け入れる。

諦めとも、情けなさともいえる感情に包まれ、自嘲的な笑みが浮かんだ。そこへ、頭の上にあたたかな感触が置かれ、視線がほんの少し下がる。何が起きたのかと思ったときには、頭を撫でられていた。

よしよし。

泣いてもいい、と言うように頭を撫でてくる優しいぬくもりに、唇を引き結ぶ。

「……ッ」

それは、サラの張り詰めていた何かを壊してしまったのだろう。

「う、う……ふ、う、ぁあ……ッ」

一瞬にして、彼女は視界を溢れた涙でいっぱいにした。

墓石も、たくさんの花束も、公園墓地の景色も、すべてが歪み、父と母のぬくもりに似た陽の光と頭を撫でる優しい手だけがサラを包み込む。

自分が、どうして泣いているのかも、わからなかった。

嗚咽混じりに、子どものように泣きじゃくるサラは、肩をひくつかせ、天を仰いで涙を流す。生温かなそれはサラの頬を濡らし、首を伝い落ちるころにはすっかり冷えていた。

いい加減、泣き止まなくてはいけないとわかっていても、涙は止まらなかった。ひくひくと肩を揺らし、口を閉じても嗚咽が漏れる。呼吸がうまくできなくなってきたところで――、頭を撫でていた手が離れていき、力強い腕に抱き上げられた。

「いい、我慢するな」

ぽんぽん、と背中を軽く叩く音とともに優しい声が耳朶を打つ。すぐに誰かわかった。

「メルヴィッ、さま」

優しい手の主の名前を呼び、顔を上げようとしたのだが、後頭部に添えられた手によって首元へ押し付けられてしまった。

「いいから、今は泣いていろ。無理に泣き止もうとするから苦しくなる」

「で、もッ」

サラは無理に顔を上げて、涙ながらにメルヴィンを見た。

「……なんだ」

「おじッ……さま」

「おじさま？　……もしかして、エルドのことか……？」

一瞬、怪訝な顔をしたメルヴィンだったが、サラの言っている人物に思い当たったのだろう。サラはその名前に頷いて応えた。するとメルヴィンは、表情を変えずに続ける。

「死んだよ」

その一言に、サラは言葉が出なかった。

「サラの生家で、父も世話になった家だ。さすがに屋敷を朽ちていくままにはしておけなくてな。王家が土地ごと買い、屋敷の使用人たちに給金を渡して次の仕事先を斡旋した。だから、屋敷にいた使用人たちのことは安心していい。……ただ」

言葉を区切ったメルヴィンの視線がサラに向けられる。

「結局は屋敷を守れなくて、悪かった」

懺悔《ざんげ》をするような声と、まるで自分のせいだと言わんばかりの表情に、サラはゆるゆると首を横に振った。そんなことはない。メルヴィンが気にするようなことでは決してない。

「メルヴィン、さまは」

悪くない。

そう言いたいのに、微苦笑を浮かべたメルヴィンが、再度サラの後頭部に手を添えて顔を首元に押し付けたせいで言葉にならなかった。

「いい。もういいから」

昨日と、同じだ。

泣くサラの背中を、彼は大きな手で撫でてくれた。大丈夫、大丈夫。そう伝えるような優しいぬくもりが、さらに涙を溢れさせる。自然としがみつく手に力が入り、顔を押し付けて彼の優しさに溺れた。

サラは完全に身体を預けて、泣きじゃくった。

涙が、枯れ果てるまで――。


「――寝たか」

ぐっと体重がかかったのがわかり、メルヴィンはそばにいるベルに声をかける。彼女はメルヴィンの腕の中にいるサラの顔を覗き込み、微笑んだ。

「ええ。すっかり」

「……本当に、子どもみたいだな」

眠るサラを腕に抱いたまま、挨拶をするように墓前で背筋を伸ばすと、メルヴィンは踵を返す。

「城へ戻る」

控えているベルを一瞥し、公園墓地の入り口に停めている馬車へ足を向けた。ベルもまた後ろからついてくる。

「先程は目を離してしまい、すみませんでした」

「構わん。墓地《ここ》へくるのはわかっていたからな」

「……サラさま、本当に忘れていらっしゃるんですね」

「にわかには信じられないが……、どうやらそうらしい」

「……メルヴィンさまは」

一度言葉を切ったベルが、言いにくそうに続けた。

「サラさまに、どこまでお話しになられるのですか？」

草を踏む互いの足音だけがしばらく流れ、メルヴィンが口を開く。

「十八歳の……、俺の知る昨日までのサラが知っているところまで、だ」

「兄には？」

「すでに相談してある。……目下、対応を検討中だ。面倒をかけるが、この件については」

「他言無用、でございますね」

「頼む」

「もとより、そのつもりです——影の王」

「……その呼び名はやめろ」

メルヴィンの腕の中で眠るサラの耳に、ふたりの会話は届かなかった。

第二章　どうしてこんなことに

気がつくと、今朝目を覚ましたときと同じ景色が見えていた。

絶望に近い諦めにも似たような気持ちになるのは、これで何度目だろうか。

最初は父の訃報を聞いた三日後、その次は母を埋葬した二日後だった気がする。それまでは夢を見ているようで、どこか心も足もふわふわと浮いている感覚でいた。頭では理解していても、どこかでまだ会えるような気がするのだ。

それが、あるとき突然、夢から覚めたように「もういない」という喪失感とともに、実感がやってくる。

――……あのときと、似てる。

でも、似ているだけだ。

今の自分は、混乱していた今朝の自分でも、あのときと同じ子どもでもなかった。

久しぶりに大泣きしたこともあって、幾分心がすっきりしている。

重いのは、腫れぼったいまぶたぐらいだ。心につかえていた何かは消え、不思議と落ち着いている。きっと、どうしようもないことに足掻いても状況は変わらないと理解したからだろう。

失ってしまったものは、もう戻らない。

そんなこと、両親を亡くしたときに嫌でも思い知った。だったら、今の自分にできることをするだけだ。だって、今の自分を悲観する必要は、どこにもないのだから。

そう思えるのも、気のすむまで泣かせてくれたメルヴィンのおかげかもしれない。

「……殿下は、相変わらずお優しいのね」

ふいに湧き上がる甘い気持ちに、身を委ねようとした――ところで、サラはその気持ちから逃げるように上半身を起こした。

いけない、いけない。

メルヴィンのぬくもりを思い出している暇があったら、まずは今の自分にできることをしなければ。サラはそう思い、胸の前で両手を組み合わせた。

――……エルド叔父さま。

屋敷にいないことが多く、一緒に過ごした時間はほとんどなかった。思い出という思い出もなかったが、叔父が帰ってくるのは楽しみだった。叔父の表情や仕草から、なんとなく父の面影が垣間見えることがあったからだ。

　母が語る父との思い出と、叔父から覗く父の面影に、サラは救われていた気がする。

　今頃、父と酒を飲み交わしているだろう叔父へ、祈りを捧げた。

　――あ、あと、いろいろあって、叔父さまに頼まれていたおつかいができませんでした。ごめんなさい。その後の私がしているといいのですが……。

　なにぶん、確認することができない。

　記憶が戻ったらそれもわかるのかもしれないが、今のサラに叔父からのおつかいがどうなったのかを知るすべはなかった。失ってしまったものはしょうがないとしても、記憶を取り戻せる方法があるのなら、努力をすべきだと思う。

　――でも、カノンが言うには現段階で治療法はないのよね。

　とはいえ、何もできないのと、できることがないのは違う。

「まずは、今の私を知らなくちゃよね。もしかしたら、何か思い出すかもしれないし」

　そう奮起したところで、ドアをノックする音が響く。

　誰だろうかとサラがドアのほうを見やると、瑠璃色の瞳と目が合った。

「目が覚めたようだな」

　金糸の髪を揺らしながら、メルヴィンがワゴンを押して中に入ってくる。それも自然に、こうすることに問題はないという様子の彼に、サラは疑問だらけだ。

軽く混乱しているサラをよそに、メルヴィンはワゴンを停め、濡れた麻布を差し出す。

「これで目元を冷やすといい。少しは楽になる」

「……ありがとうございます」

メルヴィンの手から濡れた麻布を受け取り、言われるまま目元に押し当てた。

――……気持ちいい……。それから。

「いい匂い……」

「ベルが、冷えたカモミールにつけこんだと言っていた」

ああ、だから鼻先にすっきりとした甘い香りがするのか。

サラは胸中で準備をしてくれたベルに感謝をし、麻布でさらに目元を覆った。ひんやりとした布から優しい香りが届き、心をほぐすように深く息を吐く。カモミールの香りが効いてきたのだろうか、さっきまでの混乱が嘘のようにない。

「少しは、楽になったか？」

「はい、かなり」

「それは結構」

そのとき、心臓が甘やかな音を立てた。

目を閉じているからだろうか、彼の声がとても優しく聞こえる。少し速くなった心臓の音に流されないよう、サラは息を吐く。メルヴィンとふたりきりだというのに、この空気を心地いいと感じている自分がいた。

「……あの」

「ん？」

サラは目元の麻布を手に、先程よりも幾分ましになったまぶたを開けて、メルヴィンを見る。彼はワゴンの上で軽食の準備をしている手を止め、サラを見た。

「……昼間は、いきなりみっともないところをお見せして、……迷惑までかけてしまい、申し訳ありませんでした」

「あれぐらい、なんともない」

「しかし」

「我慢するなと言ったのは俺だ」

優しい声に、それ以上の謝罪とも懺悔ともとれる言葉を制される。

苦笑を浮かべたメルヴィンが皿を手にベッドまで近づくと、サラに向き合うように腰を下ろした。

「おまえは、俺の言ったとおり泣いた。我慢せず、泣ききったんだ。……その結果、疲れて眠ってしまっても、サラのせいではない。履き違えるな」

それは、むずかる子どもをあやす母の声のように、だめなことを叱る父の声のように、すんなりとサラの心へ入ってくる。

とても、とても優しい声だった。

高圧的な態度をとられたわけでも、ひどい言葉を言われたわけでもないのに、ただ彼の優しい声を聞いただけで、何も言えなくなった。

「そんなことより、口を開けろ」

「へ？」

「ほら、あーんしろ、あーん」

突然のことに戸惑いながらも、サラは口を開けた。

「もっと大きく」

何か診察でもするのだろうか。――だとしても、無茶を言わないでほしい。

男の人に向かって口を開けるだけでも勇気がいるのに、もっと大きくだなんて恥ずかしくてしょうがない。しかし、言うとおりにしなければずっとこの状況が続くのだと思い、サラはぎゅっと目をつむった。そして恥ずかしさを堪えて、言うとおり口を大きく開いた。

「……ああ、そうだ。いい子だな」

また、優しい声《それ》だ。

無理に従わせるわけではないのだが、メルヴィンのこの声には不思議と抗えない。早くこの羞恥が終わることを祈っていると、口の中へ何かが突っ込まれる。

「むぐ」

目を開けた瞬間に、口の中からスプーンが引き抜かれていくのが見えた。

サラは口をもぐもぐと動かし、メルヴィンが口に入れてくれたものを食べる。もっちりとした食感と、鼻から抜けるシナモン、そして口の中にそっと残るミルクとバターの甘さに思わず顔が綻んだ。

「……おいひい」

「あたためたミルクに、甘いパンを浸して煮崩したものだ。昨夜もあまり食べていないようだったから、食べやすいほうがいいと思ってな。ほら、もう一口」

「あー……んむ、ん」

甘いパンに染み込んだミルクが、優しい気持ちを連れてくる。

これは、豆スープに比べると格段においしかった。

だが、サラだって子どもではない、ひとりでも食べられる。そうメルヴィンに伝えようと口を開くのだが、絶妙な間合いで食べ物を口に運ばれてしまう。食べることしかできない状況で、どうしよう、おいしい、どうしよう、おいしい、といったりきたりしている思考の中、徐々に空腹は満たされ、結局——最後までメルヴィンに食べさせられてしまった。

——お父さまが知ったら、絶対に怒られるわね、これ。

空になった器をワゴンへ戻すメルヴィンの背中を見て、サラはがっくりとうなだれる。

「少しは、落ち着いたか？」

ベッドに戻ってきたメルヴィンの声に、サラは顔を上げた。

「はい」

「そうか」

よかった、と言いたげに微笑まれ、また胸に甘い気持ちが広がった。すると、メルヴィンは手にしたカップをソーサーとともに渡してくれる。

「ぬるくてもおいしく飲める。俺も兄上も気に入っているものだ」

食後の紅茶までメルヴィンが用意してくれていたとは思わず、サラは戸惑いながらもソーサーを手に取った。かすかに揺れる琥珀色の紅茶を眺め、取っ手をつまんでカップを持ち上げる。鼻先をくすぐるいい香りに、引き寄せられるようにして口をつけた。

「……おいしい……。おいしいです、この紅茶」

メルヴィンを見ると、嬉しそうに微笑むだけで何も言わない。その優しい微笑みに、また心臓がおかしくなりそうになる。彼に見られるのが恥ずかしくなってきたサラは、気を取り直すように再びカップに視線を落とし、紅茶をもう一口飲んだ。

「あの」

「ん？」

「殿下は、どうしてここにいらっしゃるんですか？」

「俺がいては、迷惑か？」

「そうではなく。公務……というか、執務というか……、私と違ってメルヴィンさまにはお仕事があるのではないのかと思いまして……」

「安心しろ。おまえが寝ている間に、俺にできることはすませてきた。そう寂しがらなくとも、一緒にいる時間はある」

まるで一緒にいたいのがサラであるかのような言い方に、目を丸くする。

「寂しがってなどいません！」

思わず反論を口にしたサラに、メルヴィンはどこか安心したように笑った。

「サラは、そうでなくてはな」

もしかして、心配してくれているのだろうか。

ふと、そんな気持ちがよぎる。いつものようにからかわれたのだと思う気持ちももちろんあるのだが、それだけではない。あたたかくて、ぎゅっと抱きしめてしまいたくなる気持ちで、胸がいっぱいになった。

「……十八歳の私は」

「ん？」

「十八歳の私は、今の私とは違いますか？」

ふいに出た問いかけに、メルヴィンは目を瞠ったあと苦笑した。

「違うと言えば違うし、違わないと言えば、違わない」

「……微妙な答えですね」

「しょうがない。サラは、ひとりしかいないからな」

「私は、私のままでいい、と？」

「おまえは、昔からおまえのままだよ」

ふ、と優しく微笑まれ、心臓が甘く跳ねる。

「記憶がないのなら、また作っていけばいい。俺は、サラがサラであるなら、どちらでも構わない」

「……」

「それに、忘れたいほど嫌なことを、無理に思い出す必要もないだろ」

暗に「記憶をなくしたことを気にするな」とでもいうような言葉に、胸が締め付けられる。自分の中にいるであろう十八歳の自分が、メルヴィンの優しさに反応しているのだろうか。自分のことを忘れられてもなお、今のサラと十八歳のサラを慮るメルヴィンに、胸が苦しくなった。

「とはいえ、この状況で明日から過ごすわけにもいくまい」

「……」

「自分のことが、知りたくなったのだろう？」

心の中を見透かすようなメルヴィンの一言に、サラは目を瞠る。

ふ、と口元を緩ませた彼は、語り始めた。

「あのあと……、と言っても、サラにとっては二年前の『昨日』のあとのことだ。サラを王城へ連れてきたのはいいが、父上が亡くなって間もなくだったからな。少し城内はばたついていた。それでまあ、今朝はサラに誓約を交わした夫婦だと言ったが、……実は式を挙げていないんだ」

一国の王が死去したのだ、忙しさは極まっていただろう。国葬の準備だけでなく、国民への公式発表の段取りもある。いくら前国王の遺言でも、第二王子の結婚が先延ばしになってもおかしくはない。サラもきっと、国王を見送ることを優先してほしい、とメルヴィンに言っていただろう。だから、その状況に問題はないと思うのだが、彼の様子は少しおかしかった。

切なげに視線を外したメルヴィンが、再び目を合わせてサラを見た。

「実は、父上の国葬を終えてしばらくしてから……、兄上の目が見えにくくなっていることがわかった」

「見えにくく……？　ということは、完全に見えないわけではないのですか？」

「一応な。しかし、時間が経つにつれ視力は落ちている」

今、見えているものが見えなくなっていく恐怖は一体どれだけのものだろう。

十六歳のサラは、第一王子のライオネルとは直接会ったことがない。サラが一方的に結婚式のときなど、限られた機会にその姿を目にしていただけだ。たったそれだけだったが、メルヴィンと違ってとても柔和な雰囲気をまとっている印象が強かった。

ライオネルの心を思うと、サラもまた胸が痛む。

身内であるメルヴィンなら、どれほどの痛みだろう。だからといって、血のつながっていないサラが、余計なことを言うのもまた違うような気がして視線を落とした。

「……相変わらず、自分の痛みのように感じてくれるのだな、おまえは」

優しい声に導かれるようにして顔を上げたサラに、メルヴィンは「気にするな」と言いたげに笑った。

「幸い、左目は生きている。視界は多少狭まったが、日々の生活に支障はない。……命を取るような病ではなかっただけ、……俺はよかったと思っている」

「……メルヴィンさま、お兄さまのことが大好きですものね」

「は？」

おまえが、俺の何を知っている——という視線を向けてきたメルヴィンに、サラは口元を綻ばせた。

「ライオネルさまと……いえ、ライオネルさまだけではなく、おじいちゃんと一緒にいるときもそうですけど、メルヴィンさまったら珍しく緊張されてますよね。ああ、違う。緊張を表に出さないように、気を張ってるって言ったほうがいいかしら。近くにいるお兄さまとおじいちゃんを、ときおり尊敬の眼差しで見ていらっしゃったでしょう？　その美しい瑠璃色の瞳の奥が、どこかキラキラ輝いているのを、私ちゃんと見ましたよ」

ふふ、と楽しげに自分の記憶にあるメルヴィンの話をすると、彼は驚きに目を瞠った。言葉を失うような、そんな表情をするのは珍しく、サラも笑うのをやめて首を傾げる。

「メルヴィンさま？」

「……なんでもない、話を続けるぞ」

多少の疑問を感じつつも、サラはメルヴィンの話に耳を傾けることにした。

「知っていると思うが、現在兄上には子どもがいる」

「ええ。確か……王女さまですよね」

「ああ。兄上に似て、とても優しい子だ。そして、ついこの間、待望の第二子が誕生したんだが……あまりこう言いたくはないのだが、その子も王女だった。さらに産後の肥立ちが悪く、義姉上《あね》を助けることはできるが、今後、子を生すのは難しいとの判断がなされた」

「それで、ライオネルさまは」

「……義姉上の命をとった」

聞きながら、とても複雑な気持ちになる話だった。

胸の奥がむず痒く、誰にもどうすることもできない状況なのだということが、メルヴィンの表情を見ても理解できる。ただひとつ、サラの心が軽くなったのは、ライオネルの判断だろうか。その決断に、ライオネルの妻を思う気持ちを見た。

「……奥さまを、愛していらっしゃるのですね」

「ああ。俺も、その判断を誇りに思う。上に立つ者として、妻を大事にできなければ国を大事にすることもできないからな。……ただ」

「ただ？」

「この件をきっかけに、俺の立場が変わった」

深く息を吐くメルヴィンを見ながら、もしかしてという予感がサラの視線を彼へ向かわせる。

「そのときが来ないことを祈っているが、俺は将来この国の王になるだろう」

しっかりとした言葉と瞳に、一瞬にして肌がざわついた。

それほどまでに、彼の覚悟が伝わってくる。

「兄上は、そのうち右目だけでなく、左目もだめになると思っている。今はまだ隻眼の王として、できる限りのことをやれるが、この状況を楽観視もしていない。そのときが近いのか遠いのか、俺にだってわからない。……わからないが、国の将来を案じる者として、後継者を考える兄上の気持ちは、父上を見ていたから痛いほどわかる。早々に王権を兄上へ委任した父上を、俺も兄上も見ている。だからこそ、兄上は自分の状況を見越して、俺に王位を引き渡す準備をしているんだ」

「……」

「様々な事情が重なったことで、俺たちの式を挙げる機会はなかった。だが、王家以外の人間が王城で暮らすには、それなりの肩書きが必要になる。今回の俺たちの結婚は前国王の遺言が後押ししたこともあって、国葬ののち、ひっそりと宰相の前で婚姻の誓約と指輪を交わして事なきを得たというわけだ」

それは、正式な夫婦として認められた、ということだ。

そしてその事実は、今までの事実と合わさって違う意味でサラに衝撃をもたらした。

「薄々気づいているかもしれないが、この状況でおまえとの約束は守れなくなる」

「……」

「俺は、子を作らなければいけなくなった」

話を聞きながら、薄々感じていることをメルヴィンははっきりとした言葉にした。

サラの置かれている状況が、二年前と今ではまったく違うものになっている。第二王子だからこそ、後継者問題には縁がないだろうと勝手に考えていた。だからといって、二年前の言葉をなかったことにはできない。

サラは、メルヴィンの提案を受け入れて王城にいるのだから。

その事実を理解した上で、今朝裸になっていた理由がわかったような気がした。

きっと二年後の、十八歳の自分は、メルヴィンのことを受け入れたのだろう。そうでなければ、肌を晒したりしないはずだ。

ではなぜ、逃げるように記憶を失ったのか。

その新たな謎を考えても、自分が負担になるだろう心的要因は見当たらなかった。

――本当は、メルヴィンさまのことを受け入れたくなかった……とか？

それは大いにありえる。ありえるが――同時にない、とも言い切れる。

サラはベッドを軋ませ、目の前にいるメルヴィンへ無意識のうちに手を伸ばしていた。

「……」

男性にしてはやわらかな肌、意志の強さを感じさせる瑠璃色の瞳、精悍《せいかん》な顔つき、鍛えられた身体つき。あまり変わらないと思っていた二年という時間の中で、メルヴィンは変わった。何が変わったのかはわからないが、何かが違う。頬を親指の腹で撫でていた手を下げていき、首筋、肩、二の腕を辿って大きな手に触れる。

気づくと、いつもサラを泣かせるこの手がきっかけだった。

会うたびに違う女性を連れている彼の手が、慈しむように女性へ触れる。最初はなんとも思っていなかった。思う必要もなかった。それなのに、気がつくと〝うらやましい〟と思っている自分がいた。

私も、あんなふうに触《は》れられたい。――と、思うようになっていた。

人知れず心に咲いた感情の名前を知らずに、誰かを好きなメルヴィンをずっと見ていた。

母の話していた、憧れていた〝恋〟とは程遠い思いに気づきたくなかった。

好きになっても、どうせ届かない。

父と母のような恋はできないとわかってもなお、この想いはサラから消えていなかった。

——やっぱり好き。

それは、二年前も今も変わらない。

——……この気持ちが、たった二年で変わることなんてあるのかしら。そんなに、私は薄情な人間なのかしら。

素直に、そう思う。

今は二年後とはいえ、ここにいるのは自分だ。

自分の気持ちが変わるというのは、考えにくかった。だとしたら、ふたりの間に何かがあったのだろう。それも、彼が子を作らなければいけなくなった状況になって勃発した。

そう考えると、単純に考えて、この状況が嫌だったとしか思えない。

つまり十八歳の自分は、忘れることを選んだのだろうか。

目の前にいる、彼を置いて。

「……」

ゆっくりと顔を上げた先にある瑠璃色の瞳を、サラは懺悔を込めて見つめる。

彼に、なんと言ったらいいのだろう。言葉が喉に張り付く感覚の中、どうにもできないでいると、メルヴィンが口元を綻ばせて苦笑する。

「そんな顔をするな」

「……」

「サラを困らせるために、今の状況を説明したわけではない。……子を生さなければいけなくなったとはいえ、兄上はまだ王位についている。急ぎのことではない。大丈夫だ」

その優しい声に、なぜか泣きたくなった。

胸がきゅうと締め付けられ、唇を引き結ぶ。メルヴィンは、しょうがないなと言いたげに息を吐き出した。

「それに後継者問題は王家の、……俺の事情であって、ああ、いや、サラの場合は父上の遺言のせいで、すでに俺たちの問題に巻き込まれているから、一概に俺だけの事情ではなくなってきているが。……だからといって、これ以上おまえを巻き込むつもりはない」

しかし、それではいつまで経っても解決しない。

今はいいかもしれないが、今後必ず同じ問題にあたるということは、サラにだってわかる。先延ばしにしたところで意味がないのは、メルヴィンだってわかっているはずだ。

その上で、気にしなくていいと言う理由は、ひとつしかないのでは。

脳裏に浮かんだかつての情景に胸が締め付けられたサラは、メルヴィンの手を握った。

「ん？」

どうした、と告げるように優しい声がした。

この結婚は、メルヴィンの愛情がないままに始まった。大々的に結婚式も挙げていないのであれば、サラとの結婚をなかったことにすることもできるだろう。王家が後継者問題を抱えた状況では、たとえ前国王の遺言であったとしても、その効力は疑わしくなる。

「私を巻き込むつもりはない、というのは……」

「あー……、それは、俺がどうにかするという意味で」

「他の」

「ん？」

「他の……ッ」

それ以上は、胸が苦しくて声が出なかった。

彼はサラの答えを待ってくれているというのに、サラ自身がメルヴィンを見ることができない。心臓が激しく音を立て、息苦しさから、かすかに震える唇で息を吐く。すると、メルヴィンがサラの耳元に唇を寄せてきた。

「それはない」

静かで、それでいてはっきりとした囁きに、サラはゆっくりと顔を上げる。

「サラ以外の女性に、俺の子を産んでほしいとは思っていない」

その穏やかな声を聞き、心が震えた。

「忘れたのか？　二年前のあの日、俺はサラ・アイアネスのものになると誓った。それは今でも変わらない」

「……」

「俺は、おまえのものだよ」

メルヴィンの優しい声が、心に沁み入る。

本当に、そうかもしれないと思えるほど、彼の声はサラの心に深く深く入ってきた。

心が甘く震える。胸がいっぱいで、苦しい。

「……だから、できれば、考えていることを言葉にしてもらえると嬉しい」

「……」

「俺を触っていても、俺の考えていることは伝わらないからな」

言われるまで、ずっと彼の手を握ったままだったことに気づく。

「ああ、だからといって、離せと言っているわけではない。触りたければ、好きなだけ触っていい。……それとは別に、疑問があるなら聞かせてほしいだけなんだ」

彼の手を離そうとしたサラを察したのか、メルヴィンが優しい声で重ねて言う。

それを見て、安心させようとしているメルヴィンに応えるように、サラは口を開けた。

「疑問は、あります」

「……」

「でも、それはどうして記憶を失《な》くしたのかっていう、私に対してであって、……メルヴィンさまや、今の自分たちの状況にではありません」

「……そうか」

「それから、触っているのは……」

「うん？」

「…………触っていたいからで」

なんとなく恥ずかしくなって視線をさまよわせるサラに、メルヴィンは安堵の息を漏らす。

「なら、よかった」

メルヴィンの反応を不思議に思い、顔を上げて彼を見た。

「今朝は、抱き寄せただけで突き飛ばされたからな」

ここでその話がくるとは思っていなかっただけに、サラは目を瞠る。動揺をあらわにすると、メルヴィンはほんの少し意地悪く笑った。

「それも、思いきり」

「あ、だ、だってそれは、メルヴィンさまが間違えるから！」

「……間違える？」

「そうです。あ、あんな……いやらしい触り方をして……ッ」

今朝の、サラを触るメルヴィンの手つきは明らかにいやらしかった。身体の線をなぞるような、肌のやわらかさを確認するような、その奥にある熱を呼び覚まそうとするような手つきに、腰骨のあたりがざわついたのを今でも覚えている。

あれは、女を触る手だと直感した。

だから思いきり突き飛ばしたのだ。——間違えられたくなくて。

「一体、どなただと思ったんですか」

「……どなたって……」

美しい顔に困惑を浮かべたメルヴィンが、サラを見る。

「サラだと思ったが」

さらりと告げられた一言に時間が止まった。

「…………………え?」

「いや、だから、おまえだと思って抱き寄せた」

「……どうして」

「どうしても何も、珍しく俺のほうへ身体を寄せたから、ついうっかり手が出たというか……、無意識のうちに手が伸びていた」

「待ってください、それでは私を触りたかったと言っているように聞こえます」

「悪いか?」

きょとんと疑問を返してくるメルヴィンに、サラは目を白黒させるだけだった。

どうしてこんな恥ずかしい問答をしているのか、その原因すらわからなくなるほど、サラの頭の中は混乱していた。だから、こんなことを口走っていたのかもしれない。

「悪くないから、触ってください!!」

叫ぶように気持ちを言葉にしたら、思いのほかすっきりした。

ああ、うん、そう言えばよかったのか。

そんな納得にも似た奇妙な爽快感は、たった一瞬で消えた。メルヴィンの顔色がすぐに変わったからだ。

「……あ、今のは」

さすがにこれははしたない。

我に返ったサラが視線をさまよわせて俯くと、メルヴィンは大きく息を吐いた。十八歳の自分が、どのような振る舞いを彼にしていたのかは知らないが、さすがに今の発言で幻滅させてしまっただろうか。

つい、うっかり本音が出た。

あの手つきが、見知らぬ女性ではなく自分に向けられたものだと知って、妙に心が素直になる。もしかしたら、サラは心のどこかで素直になりたがっていたのだろうか。

そう思うほうが、自分にとって都合がいいように思えてくる。

わからないが、今はそんなことを考えている場合ではない。

「サラ」

メルヴィンに名前を呼ばれ、すぐに思考を切り替えたサラが顔を上げる。そこには、真剣な表情で、いつもと違う雰囲気をまとった彼がいた。

「触りたい」

はっきりとした言葉で改めてメルヴィンに言われると、それはそれで恥ずかしい。が、断る理由はなかった。

「…………どうぞ。というか、外で平然と触れていたじゃ――」

ありませんか。

言いたいことを最後まで言うよりも早く、メルヴィンに抱き寄せられていた。その縋るような腕の力に、サラは目を瞬かせる。

耳にかかる吐息が、かすかに震えているような気がした。

「……メルヴィン、さま？」

「どこまでだ」

吐き出される声ははっきりしているはずなのに、どこか許しを請うようにサラの心へしがみついてくる。抱きしめてくる彼の腕もまた、ほんの少し強くなった気がした。

「どこまでなら、触っていい？」

耳に吹き込まれる吐息と、さっきよりも優しくなった声が懇願するように告げる。突如、腰骨のあたりがざわつき、心が震えた。鼻先にあるメルヴィンの首筋から彼の香りがして、甘い気持ちが広がった。

自然と彼の背中へ腕を回し、胸をぴったり合わせて、サラは思いを返した。

「どこまででも」

どくん――、触れているところから響いた鼓動は、はたしてどちらのものだったのか。

それを考える暇もなく、メルヴィンの顔が目の前に現れる。思いのほか真剣な表情で見つめられ、サラは戸惑いをあらわにした。

「……だって、夫婦……なんですよね？　同じベッドで、それも裸で一緒に寝ていたということは、その」

つまり、そういう仲なのだろう。

十六歳のサラにとって、異性と過ごす夜は未知の経験だ。とはいえ信じられないことに、今の自分は十八歳で、すでに夫がいる。ある程度性教育をすませているサラにしてみたら、この環境だけで察するに余りある状況だ。断る理由などない。

ただ、恥ずかしいだけだった。

今の自分は、経験しているはずのことを覚えていないのだから未経験と一緒だ。あまりの羞恥でサラが顔を俯かせると、メルヴィンの唇が「大丈夫」だと伝えるように首筋に触れた。サラの肌にくちづけるだけの行為が、求められている錯覚を引き起こす。

触れる唇のやわらかさに抵抗することもなく、うっとりと彼の愛撫を受け入れた。

まるで、メルヴィンに自分を捧げているような気分にすらなる。

肌をついばむ甘い音が、少しずつ淫靡なものへ変わっていく。舌先で肌を舐められ、吸われると、ぞくぞくとした感覚を肌に覚えさせられた。しかし次の瞬間、味わうような彼の愛撫が、突然変わった。

「ん、っふ、うふ、ふふッ」

首筋のある一点というか、そのあたりというか、明確に「どこ」と言えないところに吐息が当たるだけで、笑い声が出るほどくすぐったい。だめだ。これは完全にだめだ。

「や、も、だめ、くすぐった……ッ」

笑いながら言うサラから、メルヴィンがそっと離れる。

視界に現れた彼は、どこか嬉しそうに、それでいて意地悪そうな笑みを浮かべた。

「やっと笑った」

サラの頬を手で覆い、愛おしそうに親指の腹でそこを撫でる。そのメルヴィンの満足そうな声に、心臓が大きく高鳴った。そんな——幸せそうな顔で、笑わないでほしい。記憶を失くして逃げた自分を許すばかりか、逆に許しを請うような彼の態度に泣きそうになった。すると、夜に向かう瑠璃色の空のような瞳が目前に迫っていた。

「……ッ」

あ、と思ったときには、吐息が唇に触れ、やわらかな感触に覆われていた。

何が起きたのかわからず、まばたきを繰り返すサラをそのままに、メルヴィンはサラの身体を抱き寄せ、己の膝の上に乗せる。先ほど同様ぴったりと胸がくっつくぐらいの距離になると、触れている唇が深くなった。

「ん、んんッ」

どうしよう、息ができない。

「ま、んんぅ、……ん、んぅ、んんッ」

この状態でメルヴィンに鼻息をかけるわけにもいかない。そう思うと、余計に呼吸ができなくなり、サラは思わずメルヴィンの身体を押し返していた。しかしそれは、唇を離すぐらいの距離で、それ以上はサラが押してもびくともしない。

「ッはぁ、はぁ、……苦しい、です」

呼吸を整えながら彼を見ると、濡れた唇とメルヴィンの瑠璃色の瞳が現れる。いつもと違う雰囲気をまとうメルヴィンを前に、サラは目を逸らすことができなかった。

「なら、ゆっくりしよう」

「……」

「教えてやる」

メルヴィンは囁くようにつぶやき、サラの頬を覆ってから再び唇を重ねてくる。

唇のやわらかさ、その熱、ついばむ動きに、一瞬にして彼の唇が自分に触れているのだと理解した。そこから戸惑いは心臓の激しい鼓動にかき消され、メルヴィンの熱がより鮮明に伝わってくる。

ゆっくりと食むようなくちづけ、その合間に甘い吐息、首の後ろを撫でる指先の熱、サラの存在を確かめるように撫でている手のひら。そのどれもが、サラの腰骨のあたりを疼かせた。先程とは違う何かが、肌の奥で生まれた気がする。

「んッ……ん、ぅ、メルヴィン……さまぁ」

「ん?」

その一際優しい声が、くすぶっていたサラの心をくすぐり震わせる。甘い気持ちに溺れそうになりながら、サラはメルヴィンの服を縋るように掴んだ。

「ぞくぞく……します」

「……」

「おかしくなっちゃいます」

「……」

「私、どうしたんですか……? メルヴィンさまに、何を教えられたんですか? 泣きそうなんです。メルヴィンさまに、こんなふうに触れられたら、私、私……ッ」

無意識に、身体が動く。

捧げるように、伝えるように——サラは、メルヴィンを抱きしめていた。

「幸せで、どうにかなってしまいます」

腕の力を強くして訴える。触れるところから安心は広がっていくのに、どういうわけか、心はまだ足りないとメルヴィンを求めていた。

「……それなのに、足りないんです」

複雑に矛盾する感情をどうすることもできず、サラは彼の首筋に顔を埋める。

「私は、一体どうなってしまったんですか……？」

泣きそうな声で言うと、メルヴィンがサラの背中をそっと撫でてきた。優しく、ゆっくり、サラを落ち着かせるように、その手は動く。

「さあな。……わからないが、少しはサラに触れられたようだ」

「……メルヴィンさまは、さっきから私に触れていますよ？」

「そういう意味じゃない」

では、どういう意味なのだろう。

不思議に思ったサラが顔を上げると、メルヴィンはどこか嬉しそうに笑った。

「もっと触れてみたら、わかるかもしれないな」

言いながら唇を寄せてきたメルヴィンを、サラは拒まない。

そっと触れる唇のやわらかさにうっとりと目を閉じ、食むようなくちづけに身を任せた。ちゅ、ちぅ、という唇を食む音が耳につき、その音を印象づけるように、メルヴィンの手がサラの耳を包む。形をなぞる指先の熱と触り方に、身体が震えた。

「ん、んッ」

くすぐったいような、むずむずするような不思議な感覚に囚われながら、唇から生まれる甘い痺れに身体がかすかに揺れる。すると、額をこつりと付け合わせたメルヴィンは唇を離し、サラのそこをぺろりと舐めた。

「サラ」

「……はい」

「俺の名前を、呼んでくれるか」

その懇願するような声に甘い気持ちが広がり、その気持ちのまま彼の名を紡ぐ。

「メルヴィンさま」

「もう一度」

「メルヴィンさ——んむぅッ!?」

口を開けたところを見計らったのか、ぬるりとした感触とともに口の中がいっぱいになった。舌先から奥へ向かってなぞり上げられ、身体の中に甘い痺れが走る。ぞくぞくとした何かが腰骨のあたりから這い上がり、舌先がとろけるような感覚になった。

「んぅ、んん」

差し込まれたメルヴィンの舌が、サラの戸惑うそれに優しく絡みつく。じゅる、という音がした直後、そのまま舌をしごかれた。引きずり出すような動きに抗えることなく、彼の口の中へ誘い込まれたサラの無防備な舌は、好きなだけしゃぶられる。

「んふ、んんッ、んぅ、んーッ」

自分の舌を舐めしゃぶる音が広がり、頭に響く。

胸の奥に、今まで出会ったことのない感情があるのに、その名前がわからなかった。ただメルヴィンだけを感じて、メルヴィンの熱を知る。頭に、心に、身体に、彼の熱が灯されていく中、彼の手がそっと胸に添えられるのがわかった。

「んんッ」

思わず彼の口の中から舌を引き抜くが、それを許さないとでも言うように彼の唇が追いかけてくる。再び唇を、それも深くつながるように押し付けられてしまい、その反動で身体が後ろへ傾いだ。

「ん、んぅッ」

サラはメルヴィンともども、ベッドへ背中から倒れてしまった。

ふたり分の体重がかかっただけあって、軋む音もそれなりにする。が、さすがに物がいいのだろう。大きなベッドは、倒れ込んだサラとメルヴィンをすんなり受け止めた。

一瞬、ぐっと深く押し付けた彼の唇がゆっくりと離れていく。

サラも彼の唇を追いかけるように目を開けると、瑠璃色の瞳に見下ろされた。

「……ごめんなさい」

「なぜ、謝る？」

「………逃げて、しまったから」

「構わん」

恐る恐るといった様子で告げるサラに、メルヴィンはかすかに口元を緩ませた。

言いながら、メルヴィンはサラの頬を手の甲で撫でる。優しさが伝わる触り方に心臓が跳ね、息を呑む。

「でも」

「ん？」

「初めてのことで驚いたんだろう？　謝る必要はない」

「………子どもっぽく……ないですか？」

すると、メルヴィンはきょとんとしてから、突然笑い出した。

「え、ええッ!?」

肩を震わせて笑い声をあげるメルヴィンが、堪えきれないといった様子でサラの首筋に顔を埋める。サラは戸惑いを隠せなかった。

「っく、くく、っはは……ッ、んん、あー、だめだ……ッ」

「……その、すみません」

なぜ謝っているのか自分でもよくわからないが、メルヴィンが笑いながら困っているような気がして、つい謝っていた。すると、ようやく笑いが収まってきたのか、メルヴィンは大きく息を吐き、サラをぎゅっと抱きしめる。

「かわいくて、困っていただけだ」

「か、かわッ⁉」

「ああ。かわいい」

いきなり「かわいい」などと言われて、今度はサラが困惑した。耳元に吹き込まれる声と、首筋に当たる吐息がくすぐったいだけでなく、彼の言葉が心を震わせる。今まで彼に言われたことのない言葉だっただけに、驚きが隠せなかった。

「思い返すと、二年前の俺はよくおまえを子ども扱いしていたからな。……それを気にしていたということは、少しでも俺のことを男だと意識していたのか？」

ゆっくり顔を上げたメルヴィンの瞳に、何かいつもと違う光が見える。

「だとしたら、俺の我慢も無駄ではなかったらしい」

「……どういうことですか？」

「サラがかわいくて、子ども扱いをしなければいけなかった、という意味だ」

まったくもってわからない。――が、メルヴィンの優しい声と、どこか嬉しそうな表情を前にしたら、どうでもよくなった。彼の穏やかな表情を見られるだけで、サラもまた嬉しくなる。

「よく、わかりません。……でも、メルヴィンさまが嬉しそうなのは、私も嬉しいです」

「サラが、逃げずに俺の腕《ここ》にいるからな」

甘く溶けるような声とともに、やわらかな唇に塞がれた。

触れるだけのくちづけが、徐々に唇を食むようなものに変わっていく。気づいたときには、差し込まれた彼の舌に絡みつかれていた。じゅるじゅると舌をしごかれ、吸い上げられると、それだけで身体の力が抜ける。

余計な力がなくなるだけで、メルヴィンのくちづけがいっそう甘く感じた。

「ん、んぁ、あむ、……んぅん」

ああ、だめだ、気持ちいい。

のしかかってくるメルヴィンの重さと重なる唇、絡み合う舌先、そこから生まれる甘美な感覚。そのすべてが、サラの思考を〝気持ちいい〟に堕としていく。

「ん、んんぅ、ん、ふぁ、あ、ん、メルヴィン……さま、んぅ、ん、んッ」

やがて舌先から溶け合うような感覚に、うっとりと身を任せた。

そのとき。

「んんッ」

ふに、と胸に指が埋まる感触に、目を見開く。

「……メルヴィンさ――んんぅ、んんッ」

ぐっと、今までよりももっと唇を深くしてきたメルヴィンは、サラの文句も食べる勢いでくちづけてきた。求められているような激しさに心臓が高鳴り、胸がいっぱいになる。

もっと。

頭の奥で欲望が生まれた瞬間、メルヴィンがくちづけをやめて穏やかに微笑んだ。

「かわいい」

たった、一言。

そのたった一言が、サラの心臓を撃ち抜いた。

「サラ、かわいい」

目を瞬かせるサラに耳元で重ねるように言い、メルヴィンは首筋へ唇を落とす。今度は優しく、サラを怖がらせないよう「大丈夫」と伝えるように、肌にくちづけていった。

ちゅ、ちぅ、ちゅぅ。くちづけの合間に「かわいい」と囁きながら、メルヴィンはサラの肌を愛す。思考が〝気持ちいい〟に堕ちていく中、肌を吸う音に紛れて、衣擦れの音がしていたことにサラは気づかない。メルヴィンはサラの肌を舌先で舐めたり、軽く吸ったりしつつ、少しずつ彼女のドレスを脱がしていった。

快感を与え、それに浸からせ、ゆっくり時間をかけられたせいで、サラは裸にされたことにすら気づかないまま、さらなる快感を与えられた。

「――ッん」

胸に指が埋まる感触に、身体が跳ねる。

「あ、あ、あッ」

「まだ、揉みこんでいるだけだが？」

「だ……って、んッ、メルヴィンさまの、指、熱くて……ッ」

首筋を舐める舌も、身体の線をなぞるように触れる手のひらも、吐息混じりに聞こえる声も、どれもが甘くて熱い。それに呼応するようにサラの肌も熱くなり、しまいには彼の指先と己の熱が混じり合っていくのがわかった。

「んんッ」

肌を撫でる手のひらに合わせて腰が浮き、首筋を舐める舌に首がすくむ。彼に与えられる熱によって思考を奪われ、肌に教え込まれるやわらかな快感に身も心も素直になっていく。

だから、かもしれない。

ふいに彼が上半身を起こして離れていくのが、とても嫌だと思った。

「ん？　どうした？」

「も、っと」

「うん？」

足りない。

何が、と具体的に言えればいいのだが、こんなことは初めてで言葉にできない。ただ、頭の奥で生まれたばかりの「もっと」という思いが、言葉となって現れる。自分は何を求めているのだろう。自分のことなのに、それがわからなかった。それ以上言葉が出てこないサラに、メルヴィンは口元を緩ませる。

「……自惚《うぬぼ》れそうになる」

「え？」

「サラに、行かないでって言われているみたいだ」

メルヴィンの視線が下へ向かうので、サラもまた自然とそれを追う。すると、無意識のうちに伸ばしていた手が、メルヴィンのシャツをそっと摑んでいた。

「あ、あの、これ、これは……ッ」

自分の手とメルヴィンを交互に見て慌てるサラに、メルヴィンは何も言わず、シャツを摑む手を優しく摑み上げた。持ち上げられていく自分の手は、そのままメルヴィンの口元へ向かう。

ちゅ、と指先に唇が触れたかと思うと、メルヴィンの瑠璃色の瞳に見下ろされた。

「安心していい。少し服を脱ぐだけだ」

「服を？」

そういえば、いつの間にここまで脱いでいたのだろう。先程まできっちり締めていたクラバットはすでに解けて、ウエストコートだけでなく、シャツのボタンも外されている。シャツの間から素肌が覗くというしどけない格好に、サラの心臓は素直にときめいた。

「サラは何も着ていないからいいが、俺は暑くてな」

意地悪く笑って言われた直後、自分が裸だという事実に目が覚めるような思いになる。咄嗟に手を引き、己の胸を隠すように自分を抱きしめた。

「なんだ、綺麗だったのに」

「き、きれ」

「ああ。誰にも見せたくない」

嬉しそうに言ったメルヴィンが、シャツとウエストコートを一緒に脱いで上半身裸になった。それを目の前で見ていたサラは、その色気に言葉を失う。

「サラ」

優しく名前を呼んだメルヴィンが頰を覆い、顔を近づけ、唇を重ねてくる。

そっと触れるくちづけから、深くなるまでそう時間はかからなかった。今までのくちづけに慣れてきたのもあったのだろう。サラはすんなり彼の舌を受け入れ、彼とのくちづけに没頭していった。

「ん、んふ、んぅ、……んッ」

舌先をこすり合わせるだけで、口の中に甘さが広がる。

くちゅくちゅという音も手伝ってか、サラの思考は〝気持ちいい〟に染まっていった。身体から余計な力が抜け、己の胸を覆っていた手もゆっくりと落ちていく。すると頬を覆っていたメルヴィンの手が首筋をなぞり、肩を撫で、腕を通って、ふくらみへ近づいた。

「んんッ」

彼の指先が、かすかに胸の先端をかすめた。

たったそれだけでも腰が浮き、胸の先端が疼く。思考が快感に堕ちていくのを感じながら、そこがぷっくりとふくれていくのがわかった。なんとなく、自分が変わっていくのを知られるのが恥ずかしくて、彼に気づかれないことを祈る。しかし、そんな祈りなど届くはずもなく、サラの舌を強く吸い上げたメルヴィンは、つんと勃ち上がった胸の頂を指先で弾いた。

「んんんんぅッ、ん、ん、んぅ、んーッ」

胸の先端から身体中に甘い痺れが走り、やたらと腰が跳ねる。そのたびにベッドが軋み、与えられた快感の強さに身をよじった。

「んんッ……、あ、あぅ、そこ、だめ、だめッ」

頭の奥が痺れてしょうがない。

それなのに、言葉とは裏腹に心は「もっと触ってほしい」と欲望を滾《たぎ》らせる。

「あ、あ、あ、ぁあ、ッ」

メルヴィンが優しく指先でそこを何度も弾くたび、声が甘みを帯びていく。声を堪えたくても、堪えられないほどの快感に、サラはなすすべもなかった。喘ぐように、懇願するようにメルヴィンを見ると唇を塞がれる。やわらかな唇の感触に安心するのも束の間、メルヴィンの指先はサラの乳首を何度も弄んだ。

「んぅ、んッ、んんッ」

指先で優しくゆっくり弾いたかと思うと、少し速度を上げて激しく揺する。指先の熱が触れるせいで、乳首はもっともっとと言うように固くなった。メルヴィンも、サラの乳首を勃たせようと指先でつまみ、ほんの少し引っ張ったりしてくる。

それがまた刺激になって、サラの身体を大きく震わせた。

「ん、ぁ、……ッも、だめ、だめ、それ……ッ。こりこりってしちゃ……ッ」

「だめじゃない。それは気持ちいいっていうんだ」

言いながらもやめる気配はなく、メルヴィンの指先はサラの固くなった乳首をつまみ、指の間でくりくりと転がした。敏感なところをこすられ、頭の奥が何度も弾ける。

「んんッ、だめ、だめになっちゃう……ッ」

首を左右に振るサラを見下ろし、メルヴィンは笑った。

「いいよ。もっとだめになればいい」

荒くなった呼吸を整えるサラの目の前で、視線を胸元へ移したメルヴィンが嬉しそうに舌なめずりをする。

「綺麗に色づいて、かわいいな」

食べたい――と、聞こえた気がした。

その直後、メルヴィンは口を開けて、サラのつんと勃った先端を口の中に含んだ。ぢゅ、という音とともに先端を吸い上げられる。

「や、ぁああ、あ、あッ。あ、吸っちゃ……ッ」

メルヴィンが乳首を舐めるいやらしい舌の動きにはしたない声をあげ、身をよじった。

彼の舌はサラの乳首へ絡みつくだけでなく、ぷっくり勃ち上がったそれを押し込むように舐め上げる。舌先でちろちろと転がし、指先でも同じような動きをして両方の先端を刺激した。

「あ、あ、あぁッ、やぁ、あ、一緒は、だめ……ッ」

それでもメルヴィンの愛撫は止まらない。

サラの乳首を好きなだけ舐めしゃぶり、断続的に快感を与え、サラの理性を一瞬にしてだめにさせた。声を堪えることもできず、だからといって彼の愛撫から逃げられるはずもなく、自分ではないような甘い声をあげて、リンネルを摑んだ。

「や、あ、ああ、ッ」

ちゅるちゅると乳首を吸われ、サラの腰が再び跳ねる。

メルヴィンは乳首をつまむ指先に力を入れて、しごくように持ち上げると、もう片方の乳首も舌で絡みついて思いきり吸い上げた。

「あ、やぁ、だめ、だめ、それだめ……ッ」

頭の奥がちかちかして、何がなんだかわからなくなる。

もうメルヴィンの舌と指先にしか意識が向かわなくなった直後、頭の奥で何かが弾けた。

「んんッ、あ、やぁ、あ、あ、あ――ッ」

小刻みに震えた身体が、ベッドへ沈み込む。

荒くなった呼吸を整えている間に、メルヴィンはトラウザーズから何かを取り出した。

「……サラ」

熱を孕んだ声に視線を上げると、いつの間にか足の間にいるメルヴィンが今まで見たことのない表情で自分を見ている。真剣で、それでいてどこか懇願するような表情に、心臓が高鳴った。

「メルヴィンさま……?」

ぼんやりしているせいか、かすかに舌っ足らずになった自分の声が甘く聞こえる。

子どものように呼んでしまっただろうかと不安に思うサラだったが、メルヴィンは何を思ったのか、急に顔を伏せてしまった。そこはサラの腹部で、かすかにくすぐったい。

「……どうか、なさいましたか……?」

声をかけても、何かと葛藤しているのか、メルヴィンは顔を上げようとはしなかった。こんなことは初めてで、サラ自身もどうしたらいいのかわからない。だが、サラは無意識のうちにメルヴィンの髪へ己の手を差し込んでいた。

少し固めの髪が、さらりと指の間に入ってくる。

かすかに熱い彼の頭を、サラはゆっくりと撫でていた。

いいこいいこ。思わずつぶやいてしまいそうになりながら撫でていると、その手をメルヴィンに掴まれてしまう。あ、と思ったときには、彼が顔を上げてサラの手のひらにくちづけていた。

「……ッ」

指の間から覗くメルヴィンの瑠璃色の瞳が、凶暴な獣を思わせるほど鋭くサラを射抜く。

「……メルヴィン、さま?」

しかし、彼は応えることなくサラの手を離し、腹部へくちづけ、さらにその下へ向かう。

さすがにそれ以上は無理だと制止の声をあげようとしたのだが、メルヴィンのほうが早かった。

「ぁ、んんッ」

吐息が濡れた秘所にかかったかと思うと、すぐにぬるりとした感触が割れ目を撫で上げる。むずむずとした感覚が這い上がり、腰が上がった。何が起きたのかと目を白黒させている間に、メルヴィンの舌はあろうことかサラの無垢な秘所を舐め始めた。

ぴちゃぴちゃ、と音が立ち、肌が一気にざわつく。

「や、あ、あッ、メルヴィンさま、そこッ、汚い……ッ」

「サラに汚いところなどないよ」

割れ目を舐め上げながら言われると、吐息がかかって濡れているのが伝わる。それが恥ずかしくて、目をつむった。しかし、それが逆効果で余計にメルヴィンの舌の感触が伝わってくるのだから、逃げ場がない。

「やぁ、あ、んんッ」

身体中、肌の下に駆け巡る快感をどうすることもできず、サラは片方の手でリンネルを掴み、もう片方の手で枕元のクッションを掴んだ。ぎゅぅ、と掴んでも、メルヴィンの与える快感のほうが強くて、腰が何度も跳ねる。

「メルヴィンさま、メルヴィンさまぁッ」

「いい声で啼く。……だが、まだ足りない。もっと聞かせてくれ」

舌先で茂みを探っていたのだろうか。

奥でぷっくりふくれた花芽を、舌先でつつく。

「ッぁあぁあッ、あ、あッ」

言葉にならない声とともに、腰が大きく跳ねる。頭の奥が白く染まりかけた。

——何、なんなの、今の何……!?

快楽に侵されつつも、突然与えられた刺激に一瞬理性が蘇る。しかし、メルヴィンの舌先が「ここか」と言いたげに花芽を舌先で揺らし始めたら最後、その理性も使い物にならなくなった。

花芽を舌先で転がされ、ただただ喘がされる。

また何がなんだかわからなくなってくると、メルヴィンの腕が伸びて、サラの右胸を覆った。指先がやわらかな乳房に埋まり、力を入れて揉まれる。

その直後。

「ッぁん、あ、そこ、や、あッ」

人差し指と中指の間にある胸の先端を挟み込まれ、甘い痺れが全身に走った。サラの小さな身体が跳ねてもなお、メルヴィンは愛撫を止めない。花芽を舐めしゃぶり、ときおり舌先でちろちろと揺らし、ぢゅっと吸い付く。それだけでナカは何かを求めるようにうねり、蜜を滴らせた。

「あ、あぁあッ」

メルヴィンから与えられる愛撫に、サラは何度となくはしたない声をあげる。胸の突起と花芽を同時に弄られてしまえば、もはや理性のかけらもない。快楽の海に溺れ、いやらしい水音に、かすかに粘着質な音が混ざっていることには気づきもしなかった。

「あ、あ、メルヴィンさま、メルヴィンさま」

何かがやってくる気配に怯えるように、サラはメルヴィンを求める。

眦にたまった涙が目を開けたことで流れ、視線を己の下腹部へ向けた。大きな手でサラの胸を揉み、足の間で秘所を舐めすするメルヴィンの姿が思いのほかいやらしく、目をそむけたい気持ちになったが、それでもなお彼を求めた。

「メルヴィンさま……ッ」

ちらりと彼の瑠璃色の瞳が向けられ、思いが通じたのかと思った刹那、今度は彼の舌がサラのナカへと入ってくる。

「あ、あ、あぁああッ、あ、あッ」

ぬるついた舌の感触に再び天を仰いだサラは、じゅるじゅると舌が出たり入ったりを繰り返す初めての感覚に身悶えた。身体は快楽を受け入れているのか、気持ちがいいと蜜を溢れさせ、メルヴィンの舌を拒まなかった。

もう、だめ。もっと欲しい。でも、だめ。だめになっちゃう。もっと。

頭の奥で、声がする。その対立する声に、身体はもう限界だと言わんばかりに震え、吐息が荒くなった。

「メルヴィン、さま、あ、あ、あ、も、もう、だめ、だめですッ」

わかっている。

そう言うように、メルヴィンが花芽を思いきり吸い上げ、胸の先端を強くつまみ上げた。

「や、あ、あ、あぁあ――ッ」

同時に強い刺激を与えられたサラは、言葉にならない声をあげて真っ白な世界を受け入れる。大きく腰が跳ね、堪えていた何かがぱちんと弾けた。

「あ、あ、ぁッ、ん、んぅッ」

身体が小刻みに揺れたあと、一気に力が抜けてベッドへ沈みこむ。肌は火照っているというのに、寂しさで心が震えた。サラがぼんやりメルヴィンの姿を探すと、彼は上半身を起こして唇を拭っている。――それも、苦しげに。

そんなメルヴィンを見ていられず、サラはけだるい身体をおして起き上がると、彼の両頬を包んでくちづけた。

「ん、サラ……ッ、ま、ん、んぅ」

ああ、これだ。

さっきまであった寂しさが、唇を重ねるたびに薄れていく。だから、気づかなかったのだ。彼の股間にある右手が、まだ上下に動いていたことに。

「ん、……サラ……まっ……ん、んぁッ」

教えられたとおりに唇を食むようにして何度も唇を合わせ、心が少しずつ満たされていく。甘い気持ちが胸いっぱいに広がった。

「……メルヴィンさま——」

すき。

そう心を言葉にしようとした瞬間、彼に唇を塞がれた。

「ん、んんん、んんんッ、ん、んッ」

メルヴィンの身体が大きく震えたあと、腹部に熱い飛沫《しぶき》がかかる。が、勢いよく唇を離したメルヴィンが、サラの首筋に顔を埋めたものだから、それが何か見えなかった。

「ッは、ん、ぅ、……サラ」

小刻みに身体を震わせながら紡がれた自分の名前が、とても甘い菓子のように聞こえて息を呑んだ。

触れるところからメルヴィンの鼓動が伝わってくる。速い。こんなにも心臓がドキドキと音を立てていて、彼は大丈夫なのだろうか。そんな心配をしながら、サラは彼の背中に手を伸ばした。彼の呼吸が落ち着くまで、大きな背中を優しく撫でる。

すると、メルヴィンは大きく息を吐いてから顔を上げた。その表情は、今まで見たことがないぐらい色気に満ちており、サラの心臓を大きく高鳴らせる。

少し乱れた金糸の髪の間から美しい瑠璃色の瞳が、けだるげにサラを見つめ――、次の瞬間天を仰ぐ。

「……メルヴィンさま?」

「すまん」

「はい?」

「…………自分で処理するだけのつもりが」

誰に話しているのかわからないが、懺悔をするように彼は言う。サラは意味がわからないまま、自分の身体を見下ろした。

「……まあ」

白濁した少し粘着質な液体が、胸元に少し、腹部へ大量にかかっている。これは、なんなのだろう。初めて見たものに興味が湧いたサラは、身体についたそれを指ですくってみた。

「……これは、なんですか?」

「あー……、なんでもいいだろ」

「よくありません。気になります」

「気にするな、興味を持つな、そして匂いを嗅ごうとするな!」

どうしてメルヴィンはサラの行動がわかるのだろう。

彼は言いながら視線をサラに戻し、指先を鼻先に近づけようとしていたサラの手を摑んで離した。独特な香りが鼻先をかすめた程度で、身体にかかったそれがなんなのかよくわからなかった。

「そうしょげるな。……ただでさえない俺の我慢が保《も》たん」

うっかり心の内が表情に出てしまったらしい。メルヴィンに言われて顔を上げると、彼は困ったように笑っている。

「とにかく、今拭いてやるからいい子にしていろ」

メルヴィンがトラウザーズを整え、ベッドから下りた。そして、近くにあるワゴンから布を手にして戻ってくる。それはサラが最初に目元を冷やしたあれだった。

メルヴィンはサラの傍らに腰を下ろし、ますは手を拭いてくれた。そこでようやく、サラは自分が裸であることを実感する。身体についた白濁の飛沫にすっかり気を取られていたのか、自分が裸であることを失念していた。

「あ、ちょ、だめ、だめです！」

赤面したサラは、咄嗟にメルヴィンの目元を己の手で押さえる。

「……今度はなんだ」

ため息交じりの声は、どこか呆れているような響きがこめられていた。

「裸、私、まだ裸で……！」

「うん、今さらだな」

「全部見えちゃいます！」

「もう見たが」

「減っちゃう！」

「何も減らん」

「メルヴィンさまが、見飽きてしまいます！」

「飽きるほど見てないから、安心しろ」

サラの困惑に、メルヴィンは冷静に答える。それでも、これ以上自分の裸を見られたくなかった。頑なサラの態度に根負けしたのか、メルヴィンは小さく息を吐く。

「もういい。何か、近くに羽織るものはないのか」

「……あります」

「では、それを羽織っていろ」

「……目、開けないでくださいね？」

「わかったわかった」

言われるまま、サラは手近にあったシャツを取って、それに腕を通す。かすかに開いたシャツから胸元が見えてしまうが、全部見られるよりはましだ。それにどちらにしても身体を拭かなければいけないから、ボタンはとめなかった。

「どうぞ」

サラの声に応えるように、メルヴィンがゆっくりと目を開く。その瑠璃色の瞳が現れると、彼は驚いたように目を瞠った。

「…………サラ」

「はい？」

「……それは」

「メルヴィンさまのですが」

平然と答えるサラに、メルヴィンは盛大なため息をついてうなだれる。

何かまずいことでもしたのだろうかとサラが不思議に思っていると、唐突にドアをノックする音が響く。

「──お休みのところ、失礼いたします」

男の声に、メルヴィンはそのまま返事をした。

「なんだ」

「……少々困ったことが」

「俺でなければならないのか」

「はい。このままでは陛下が出ることになります」

「……わかった。俺が行くまでの間、足止めを頼む」

「は」

ドアから離れていく靴音を聞きながら、メルヴィンが顔を上げる。さっきとは違う表情と雰囲気に、無意識のうちに圧倒された。

サラは彼の手からすっかり冷えた布を取り、微笑む。

「私は大丈夫ですから、行ってください」

すると、メルヴィンは少し逡巡してからサラの頭を撫でてくれた。

「助かる」

微苦笑を浮かべた、彼の甘い声が届いたと思ったら——唇が重なる。

「ん……、ん、んんッ」

離れがたいと言わんばかりに、メルヴィンの唇は何度となくサラの唇に吸い付き、やがて離れていった。

「では、行ってくる」

最後に、サラの濡れた唇を親指の腹で撫で、メルヴィンはベッドから下りる。

寝室から出ていくメルヴィンの背中を視線で追いかけ、ドアが閉まったのを見届けてから、サラは唇に残った彼のぬくもりに自然と微笑んでいた。

第三章　十八歳の私が、わからない

翌朝。

「失礼いたします」

ノックをしてから、サラは重厚なドアを開けて中に入った。

紙とインクの古めかしい、それでいて安心するような香りに、緊張が多少和らぐ。父の書斎と同じ香りがしたからかもしれない。背筋を伸ばし、執務机で顔を上げた部屋の主の前まで赴き、挨拶《カーテシー》をした。

「そのドレス、よく似合っている」

視線を合わせた直後、メルヴィンがサラのドレスを褒める。

機嫌のいいメルヴィンの様子を前にして、サラは居心地が悪くなった。それというのも、ついさっきの出来事を思い出したからだ。

朝、目が覚めても、サラは何も変わらなかった。

やはり一晩寝る程度では記憶というのは、戻らないらしい。その代わりといってはなんだが、サラの腹部にはうっ血した痕が、薔薇の花びらのように散らされていた。

まるで「これはちゃんと覚えておけ」とでもいうような存在感を放つそれに気づいたのは、身支度をしているときだった。鏡に映った自分の身体を見て、なぜこんなところにこんなものがついているのだろう、と首を傾げた。が、その疑問はすぐに記憶の引き出しを開け、昨夜メルヴィンとベッドの上でしていたことを思い出させる。

一瞬にして顔を真っ赤にしたサラだったが、ベルを筆頭とした侍女たちは一切そこには触れずに身支度をしていく。気にしているのが自分だけだというのもそれなりに恥ずかしく、サラは早く終わればいいのに、と祈っていたのだ。

「——サラ？」

ベルとのやりとりを思い出していたサラを現実に引き戻したのは、メルヴィンの声だ。

咄嗟に視線を上げる。

「顔が赤いな」

どこか楽しげな視線と言葉の意味に気づけず、きょとんとするサラに彼は続けた。

「何を、思い出していた？」

何を——そう頭の中で繰り返した瞬間、耳まで一気に熱くなったのがわかった。

「……ッ！」

頭の中をメルヴィンに覗かれたような気持ちになり、サラは息を呑んだ。

ここで動揺しようものなら、きっとからかわれるだろう。サラは手にぎゅっと力を入れることで動揺を抑え、何事もなかったように微笑む。

「ベルと話していたことを、思い出しておりました」

着替えをしながら、サラは昨日と今日の服装の違いに気づいた。

それを不思議に思い、ベルに伝えたところ、昨日のはお忍び外出用の装いだと教えてもらった。だが、サラとメルヴィンの挙式は大々的にしていない。王家から公式発表をしたにせよ、サラがメルヴィンの妻だとわかるのは、サラを知っている者ぐらいのはずだ。

変装をする必要はないのでは、と言うサラに、ベルは丁寧に理由を説明してくれた。

『服装を変えることによって、気持ちが変わるのも確かです。メルヴィンさまは、サラさまに王族としての振る舞いや立場を早く理解してもらうために、まずは服装を変えることで、サラさまの意識を変えようとなさっておいでなのです』

これもメルヴィンの心遣いなのだと、ベルは続けた。

「メルヴィンさまのお心遣いを無駄にしないよう、しっかり立場を理解してまいります」

「ベルがどんな話をしたのか知らないが、心強い言葉だな。……俺はてっきり、昨日サラの身体につけた、たくさんのくちづけの痕でも思い出していたのかと」

今朝の恥ずかしさが一瞬のうちに思い出され、サラのないに等しい冷静さは、メルヴィンの言葉によっていとも簡単に壊されてしまった。

「メルヴィンさま……！」

「ん？」

すっかり動揺をあらわにしたサラに、メルヴィンはからかうような、いつもの笑みを浮かべている。

「せっかく、せっかく、侍女のみなさんが黙っていてくださったことを、わざわざ言わなくてもいいのです！　って、そうではなく！」

「おや、違ったのか？　ではもしかして、サラより先にベッドからいなくなったのが、気に入らなかったか？」

何を言うのだろうか。――というか、一体なんの話をしているのだろう。

動揺しているせいで、話の本筋がすっかり迷子になってしまったサラは、驚きと恥ずかしさで言葉を詰まらせる。そんなサラを楽しそうに眺めるメルヴィンは、手にした羽根ペンを戻した。

「その反応、あながち的外れでもないようで安心した」

「か、からかわないでください……ッ！」

「本気で言っている」

だからなんだ、というようにさらに重ねられた一言で、サラはいよいよ言葉が出てこなくなった。ぐ、と喉を鳴らし、口を閉じる。そんなサラを愛でるような、優しい視線を送るメルヴィンが、にっこり微笑んだ。

「俺の本気をわかってもらえたようで、なにより」

「メルヴィンさまッ！」

「ん？」

「私は、ご用があると伺ってここにまいりました！」

本題を叫ぶように伝えたサラの必死さが通じたのだろうか。

メルヴィンは、うんとひとつ頷いて椅子の背もたれに背中を預けた。

「兄上が、サラに会いたいとおっしゃっている」

「……陛下が？」

「ああ。なんでも、話がしたいそうだ。それ以上のことは、俺にもわからん」

「そう……ですか」

不安な気持ちが表情に出ているサラに、メルヴィンは穏やかに言う。

「安心しろ。兄上には、サラの事情は話してある」

「え？」

「さすがに、この国の王に隠し事をするわけにはいかないだろ。状況を説明したうえで、今後の対応をどうするか、今も相談をしている最中だ。その流れで話がしたいと言われたから、記憶がないまま会っても問題はない」

「……わかりました」

「兄上のところへは、この者が案内する」

かすかに下がった視線が、メルヴィンの声で再び上がる。

メルヴィンに紹介された男は、彼の隣で柔和に笑った。背後から差し込む陽の光に照らされ、彼の長い銀糸の髪がキラキラと輝いている。

「事情は殿下から伺っております。お目にかかるのはサラさまが城へ来てからになるので、今は〝初めまして〟と言うのが適切でしょうか。現在、メルヴィンさまの補佐と宰相の任に就いております、パッフェルと申します。記憶がない状況というのは、ご不安しかないと思いますが、困ったときは、どうぞ遠慮なく弟と妹に頼ってください」

おっとりと微笑むパッフェルを見ながら、サラは思わず首を傾げた。

「弟……妹？」

「ああ、申し遅れました。私はハルフォード家の長兄です」

「……ハルフォード……、では、カノンやベルの……お兄さま？」

「はい」

ときどき、ベルから「お兄さま」と「兄」という単語を聞いたことはあったが、まさか兄がふたりいるとは気づきもしなかった。

驚きで口が開くサラに、パッフェルは苦笑を浮かべた。

「カノンやベルとは歳が離れてまして、……その節は、ご挨拶もできず、アイアネス家には大変お世話になりました」

「と、とんでもない。私は遊んでもらってばかりでしたから……！」

慌てるサラに、パッフェルはゆるゆると首を横に振った。

「いいえ。アーサーさまも、サラさまも、そのとき必要だったものをたくさん弟と妹に注いでくださいました。なかなか家にいられなかった私の代わりにそばにいてくださったこと、感謝しかございません。今後はカノンやベルだけでなく、微力ながら私も、ハルフォード家もサラさまのお力になりたいと思っております」

優しい声が、すんなりとサラの心へ入ってくる。

じんわり優しい気持ちに包まれ、サラはパッフェルへ微笑んでいた。

「とても心強いです。よろしくお願いいたします、パッフェルさま」

「さまはよしてください。殿下の手前、嫉妬をいただいてしまいます」

嫉妬。

笑顔で聞き慣れない言葉を口にしたパッフェルを前に、サラは目を瞠る。嫉妬と、もう一度頭の中で繰り返し、メルヴィンを見た。

「……嫉妬?」

小首を傾げるサラに、メルヴィンはにっこり微笑む。

「そうだな。あまり他の男と仲良くしていると、俺の不興を買うかもしれんぞ? パッフェルとか、カノンが相手でもな」

「冗談はよしてください」

「何をもって冗談だと言う?」

「嫉妬なんて、メルヴィンさまには一番似合わない言葉です。というか嫉妬することなんてあるんですか? あんなにたくさん女性を侍らせておいて、まだ満足していないと?」

「……おまえはあれか、俺をなんだと思っているんだ?」

「女好き」

そうサラが即答したのち、パッフェルが思いきり吹き出す。メルヴィンともども、視線をパッフェルへ向けると、彼は口を手で覆い、肩を小刻みに震わせていた。

「おまえも大概失礼だな」

「す、すみ、ませ……ッ、ぶはッ」

あんなに落ち着いて見えたパッフェルが、笑いを堪えることができなくなっている姿は、なんというかこう新鮮というか、不思議だった。彼の意外な一面を垣間見たサラは、ときおり笑い上戸になるカノンやベルに通じるものを感じ、パッフェルへの緊張が和らいだ。

「あー、もういい、もういい。さっさと、兄上のところへ行け」

呆れるような声を出すメルヴィンに、パッフェルは大きく息を吐いて頷く。それでもまだ顔がにやけているように思えるけれど、見なかったことにしておこう。

「サラのこと、頼んだぞ」

「かしこまりました」

パッフェルはメルヴィンへ向き直って会釈をすると、執務机を回ってサラに近づく。サラもまた、メルヴィンへ挨拶をしてから踵を返したのだが。

「サラ」

メルヴィンに呼び止められ、振り返った。

「兄上には、気をつけろ」

その言葉の意味を、サラは後ほど知ることになる——。

・・・・・・━━☆・・・・・・━━☆

「では、私はこれで」
国王夫妻——ライオネルと、その妻・アリーシャが普段から過ごしている部屋へ通されたサラは、閉められていくドアの先で頭を下げるパッフェルを呆然と見送った。

閉じられたドアの音で我に返ると、途端に心臓が騒ぎ出す。落ち着いて、落ち着くのよ。そう自分に言い聞かせながら、サラは緊張とともに息を吐いた。

「よし」

今にも口から心臓が飛び出しそうになるほど緊張していたが、うんとひとつ頷いて気持ちを切り替え、部屋の中へ向き直った。

「ごきげんよう、サラねえさま」

かわいい声とともにサラを出迎えてくれたのは、愛らしい少女だ。

長い金糸の髪に、新緑を思わせる翠玉の瞳、ふくふくした頰は果実のように赤みがかかって、妖精と見紛うほどかわいらしい。彼女はしっかりとした仕草でドレスの裾を摑んで挨拶をすると、呆けるサラのそばまで近寄り、その手を取って歩き出した。

腰を屈め、少女に連れられるようにして何もない部屋を通り、さらにその奥へと誘われる。鼻先に、どこか懐かしい香りがかすめた途端、日差しの入る明るい部屋にやってきた。

「まあ、マリィ」

サラたちに気づいたのか、ゆりかごから赤ん坊を抱き上げた女性が微笑む。金糸の髪を結い上げた彼女は、少女と同じ翠玉色の瞳を向けた。

彼女は、王妃のアリーシャだ。その姿を拝見するのは式典以来だ。

「サラさまを連れてきてくれたの？」

「はい、お母さま」

マリィと呼ばれた少女は、サラの手を離して母親のもとへ走り、彼女のドレスへぽすんと顔を押し付けて抱きついた。

「いい子ね、ありがとう」

腕に赤ん坊を抱き、我が子――マリィに微笑む光景が、かつての自分と母を思い出させる。自然と心の中をあたたかくしていると、彼女の視線がサラへ向けられた。

「サラさま、どうぞこちらへ座って」

優しい声に促されるようにして、サラが勧められるまま椅子へ向かうと、マリィは母から離れて再びサラのもとへやってきた。

「こっちよ、ねえさま」

にこにこと、嬉しそうに笑いながらサラの手を取り、猫脚の椅子へ座らせる。しかし、彼女はサラの手を放そうとはしなかった。俯きがちな表情から、何かを堪えているような雰囲気を読み取り、サラは自分の膝を軽く叩いた。

視線を上げたマリィの翠玉色の瞳が、驚きに目を瞠る。

「お嫌でなければ、どうぞ」

もう一度膝を叩くと、マリィもその行動の意味を理解したのか、小さな身体で振り返ってアリーシャを見た。たぶん、母親の許可を取っているのだろう。

――私も、カノンやベルと遊びに行くときは必ずお母さまの顔色を窺っていたっけ。

母が生きていたころのことを思い出し、自然と口元が緩む。

その間に、マリィは母親の許可を得たらしい。サラに向かって小さな両手を突き出してきた。抱っこの合図だ。サラは「失礼します」と断りを入れて、マリィの小さな身体を抱き上げ、膝の上で彼女の向きを正面へ変える。後ろからマリィの腹部に手を回し、足をぶらぶらさせているマリィの小さな後頭部を見て口元が自然と緩んだ。

「重くない？」

アリーシャの申し訳なさそうな声に、サラは顔を上げて首を横に振った。

「むしろ、安心します。愛しい重みといいますか、……胸がこう、きゅってなります」

言葉にならない愛しさを伝えるサラに、アリーシャもまた笑みを浮かべる。

「ありがとう。いつも、サラさまにはマリィの相手をしてもらえて、私のほうが甘えているわ。さっきも、お出迎えできずにごめんなさい」

「とんでもない。お子さまが生まれたばかりだとお聞きしておりますし、お身体の具合もあると思いますから、無理なさらないでください」

すると、膝の上にいるマリィがサラの手を摑んで遊び始めた。

指をまじまじと眺めたり、自分の手を重ねて大きさを測ったり。マリィに自分の手を好きにされるのもまた愛しいと思いながら、サラは穏やかな気持ちになっていた。

「あ、そうそう」

何かを思い出したようなアリーシャの声に、再び顔を上げる。

「本を返すって約束をしていたわね」

それは初耳だ。

というか、どういう話になっているのだろう。サラはメルヴィン経由で国王に呼び出されてここにいるはずだ。話の内容はわからないが、もしかしてアリーシャの言う約束のことだったのだろうか。だとしたら、アリーシャが呼び出すだろう。そもそも、アリーシャはサラの事情を知っているのだろうか。

ますますもってわからない。

疑問が疑問を呼び、少しずつ頭が混乱していく。

サラ自身も何をどこまで話したらいいのかわからず、笑顔を張り付けた。

「えーっと、なんて本だったかしら？　ど忘れしてしまうなんて、いけないわね」

お願いだから、聞かないでほしい。

本を返してもらう約束はおろか、その本の題名すら今のサラにはわからない。焦りと戸惑いで、失礼だとわかっていても口は開かない。誰にも助けを求めることができず、頭の中が「わからない」で埋め尽くされた直後、

「人が悪いぞ、アリーシャ」

呆れた声が差し挟まれる。

サラが驚いて入り口を見ると、そこには金糸の髪をした眼帯の男が立っていた。

「お父さま……ッ！」

膝の上にいたマリィがサラの膝からぴょんと飛び降り、彼のもとへ駆け寄る。足元にやってきたマリィを持ち上げると、お父さまと呼ばれた男は彼女を片腕に抱いた。

「やあ、サラ。今は初めまして、かな」

やはりそうだ。

こうして面と向かって会うのは初めてだが、遠目から見ていた姿と変わらない。風格のある足取りで近づいてきたのは、この国の国王――ライオネルだ。

サラは椅子から立ち上がり、膝を折る。

「お初にお目にかかります。サラ・アイアネスです」

「ああ、いい、いい。そう堅苦しくせずとも、俺もアリーシャも、マリィだって、サラとは何度も顔を合わせている。かしこまる必要はない」

「しかし」

「たとえ記憶がないとしても、その気遣いは不要だ。こと、俺たちに関してはな」

「……」

「さ、落ち着かないから座ってくれ」

優しい微笑みと、事情はわかっているというような言葉に、サラは立ち上がって椅子へ座る。ライオネルもまたそれを見届けてから、向かいのソファにいるアリーシャの隣に腰を下ろした。もちろん、その膝に、ご機嫌のマリィを乗せて。

「さて、何から話せばいいのか……」

ライオネルがそう言うと、アリーシャがソファを立った。

「私、紅茶の支度をしますね」

「それなら、私が……！」

「いいのいいの。サラちゃんは、座ってて」

「……サラ、ちゃん？」

先程とは違う雰囲気と親しげな呼び方に、目を瞠る。

アリーシャは微苦笑を浮かべた。

「いつもはそう呼んでいるのよ」

そう言ってすっかり寝入った赤ん坊を近くのゆりかごへ寝かせると、アリーシャはそばにあったワゴンへ近づく。

「それにこれは、サラちゃんを試そうとした私のお詫びでもあるから」

てきぱきとお茶の準備を始めたアリーシャを見つめ、サラは彼女の言うお詫びとはなんだろうかと考える。しかし答えは出てこず、その前にアリーシャが教えてくれた。

「さっきの、本を返す約束をしていたって話だけど、あれ嘘」

「え?」

「サラちゃんが、本当に記憶をなくしているのか嘘をついて試したの」

どうしてそんなことをしたのだろう。

サラの浮かんだ疑問に答えるようにして、アリーシャはちらりとサラを見た。

「もし、何か理由があって記憶をなくしたフリをしているのなら、話を聞きたいと思って……。あ、でも、無理に聞き出そうなんて思ってないから安心して。サラちゃんが話を聞いてもらいたいと思ったときに、私がそばにいたかっただけだから」

苦笑を浮かべてティーポットを手にしたアリーシャは、人数分の紅茶を淹れていく。

「……何があっても、私はサラちゃんの味方だっていうのを、あなたに知ってもらいたかったの」

ティーポットを置き、ワゴンを押して近づいてきたアリーシャは、ティーカップののったソーサーをサラに差し出した。

「だからといって、嘘をついて試すのはいけないことだったわ。ごめんなさい」

謝罪とともに渡された、かすかに揺れる琥珀色の紅茶を見て、サラは首を横に振ってソーサーごとティーカップを受け取った。

「そこまで私のことを気にかけてくださり、ありがとうございます。アリーシャさま」

「……サラちゃん」

「十八歳の私が、アリーシャさまにこんなに大事にしてもらえてたなんて……、それを知ることができただけでも、試された価値はあります。というか、逆にびっくりしてます」

「あら、どうして？」

「十八歳の私は、もしかしたらとても……その、薄情だったのではないかと」

「ええ？　待って待って、その理由をぜひ聞きたいから、ちょっと待ってね」

アリーシャはそう言ってワゴンへ向き直ると、ライオネルへソーサーごとティーカップを手渡してから、自分の分のティーカップを手にソファへ座った。そのころには、ライオネルの膝で機嫌よくしていたマリィは、ゆりかごで眠っている妹のそばへ移っていた。

「さ、いいわよ。続けて、続けて」

興味津々といった様子のアリーシャに圧倒されながらも、サラがライオネルへ視線を移すのだが、彼は続けていいと言うように黙ってティーカップを口に運んだ。サラはアリーシャへ視線を戻して、話し始める。

「……私の記憶がなくなったのは、心に過度な精神的負担がかかったからだと言われました。それがなんなのか、昨日メルヴィンさまからお話を訊いたんですけど、具体的な要因はわかりませんでした。だから考えたんです。私が記憶を失いたいほどつらいことを」

「そうしたら？」

真剣な表情で先を促すアリーシャに、サラは小さく息を吐いて考えた答えを口にした。

「メルヴィンさまに、拒絶されたとしたら……ありえるかもしれません」

一瞬の静寂の中、ライオネルが、ティーカップをソーサーに置く音がかすかに響く。サラもまた、膝の上にのせたティーカップに視線を落としていた。

「だってメルヴィンさまとの結婚ですよ？　確かに最初はおじいちゃんの遺言でこうなりましたけど、その理由だけでメルヴィンさまが私だけのものになるなんて……、そんな夢みたいなこと、本来ならありえないんです。だから、私から手を離すことはないって言い切れるんですけど……」

「ちょっと待って、サラちゃん」

冷静なアリーシャの声に、サラはゆっくりと顔を上げる。

「……もしかして、サラちゃんはこの結婚が嬉しかったの？」

気を使うような言い方に、サラは全力で頷いた。

「もちろんです!!　嬉しいなんて、そんな一言で片付けられないぐらい、こう、なんていうんですか、……なんていうんだろう」

そう、例えるなら。

この気持ちをあえて言葉にするのなら、あの瞬間は。

「幸せを、教えられたような気がしました」

ああ、今思い出すだけでも胸が熱くなる。

どんなに手を伸ばしても届かないと思っていた相手から、たとえどんな理由であったとしても、私《サラ》を欲されただけで、嬉しくてたまらなかった。

それなのに。

「それなのに、私は……十八歳の私は、メルヴィンさまを忘れてしまった。それも、ここへ連れてこられてから昨日までの一切を、覚えていないのです。……メルヴィンさまが、私の〝たったひとり〟になる、とおっしゃったことは覚えているのに、あの瞬間の幸せを今もまだこの胸は覚えているのに、……私は彼を置いて、自分ひとり、記憶を失って逃げてしまいました。これを薄情と言わず、なんと言えばいいのでしょう」

自分の心変わりとしか、思えない。

サラはティーカップを口へ運び、喉を潤した。

「……ねえ、サラちゃん？」

ティーカップをソーサーに戻したところを見計らってか、アリーシャに名を呼ばれる。

「……その、私の立場からはちょっと言いにくいことなのだけれど、確認させてもらいたいことがあるの」

「なんでしょうか」

「今のサラちゃんの話、この状況に不満がないように聞こえるんだけど、あってる？」

「はい」

「じゃあ、王家の後継者問題については？」

その瞬間、一気に頬が熱くなった。

サラにつられたのか、アリーシャも少しずつ頬を染め、しまいには両頬を手で覆ってしまった。互いに顔を赤くさせたふたりを横目に、ライオネルがようやく口を開く。

「こらこら、ふたりして顔を赤らめるな。俺も恥ずかしくなるだろ」

「ごめんなさい、あなた」

「……も、申し訳ございません。少し思い出してしまって……」

昨日のメルヴィンとのことを、ついうっかり口にしてしまった。はっとするサラの前で、アリーシャと顔を見合わせたライオネルが頭の後ろをがしがしと掻いた。

「あー、まあ、とりあえず、メルヴィンがそれらしいことをサラにしているのは理解した。俺が言うことではないのだが、いいことだ。おめでとう」

確かに、後継者問題を抱えている王家にはいいことかもしれない。しかし、おめでとうの言葉の意図が見えなかった。まだ子どももできていないというのに、なぜ祝福されたのか意味がわからず、首を傾げる。

その行動を、彼らは違う意味に受け取ったのだろう。

ライオネルは、アリーシャと目を見合わせてサラを見た。

「実はな、気にしていたんだ」

何を、と続けそうになったサラにライオネルが続ける。

「第二王女が生まれてから、メルヴィンの立場が変わったことは？」

それを聞いて、サラは王家の後継者問題の話が続いていることに気づいた。

「昨夜、メルヴィンさまからある程度の事情は聞きました」

「どう思った？」

妙に真剣な雰囲気をまとったライオネルに、促される。

「別に何も」

あっけらかんと即答するサラに、ライオネルが目を瞠った。

「……特に、何も思いませんでした……けど」

それの、何がいけなかったのだろうか。

「あのね、サラちゃん。私の前だからって、遠慮しないでいいのよ」

続けてアリーシャまで気を使い始めた。サラは困惑しながらも、今の自分が思っていることをちゃんと口にする。

「そう……おっしゃられましても……、本当に私は何も思っていません」

「そんなはずないわ。だって私が王子を産んでいれば、サラちゃんもメルヴィンさまも、状況が変わることなんてなかったのよ？　王家の後継者問題に巻き込まれることもなければば、子どもの性別を勝手に期待されることだってない。……王家のために我が子を差し出すようなことだって――」

「アリーシャ」

ライオネルの声が、彼女を制した。

まるで「それ以上は言うな」とでも言うように。

たしなめられたことに気づいたアリーシャは、申し訳なさそうに俯く。

そのやりとりとふたりの表情が、王家で生きる苦労を物語っていた。当然のように押し付けられる周囲からの精神的な圧力に、アリーシャはずっと耐えてきたのだろう。

王家に縛られた世界を前にして、部屋の空気だけでなく、サラもまた胸が重くなったのを感じ、深く息を吐いた。

「……私は、当たり前の毎日がずっと続かないことを、よく知っています」

自分のことを話すのは少し苦手だと思いながら、サラはゆっくりと語り出す。

「それを教えてくれたのは、父でした」

ライオネルの表情が、かすかに曇るのがわかった。

サラは「気にしないでください」と伝えるように微笑み、話を続ける。

「陛下や、おじいちゃんのことを責める気持ちはありません。恨み言を言いたいのではなく、ずっと続いてほしい日常であっても、いともあっけなく終わってしまうことがあると言いたいのです。私はそれを知っているから、この二年の間に自分の状況が変わっていることを気にしてはいません。むしろ、かわいげもなく、そういうこともあるなあ、と……受け入れているほどです」

それがいいのか悪いのかは、わからない。

ただ、すんなりこの状況を受け入れられるようになったのは、あのとき墓地で大泣きしたからだと思う。感情のままに自分をさらけ出すことが大事だと、教えられたような気がした。

「それに、メルヴィンさまは、私との子を望んでくださいました。……私は、それがとても嬉しかったです。だから、アリーシャさま」

サラは、優しい気持ちでアリーシャへ視線を向けた。

「どうか、ご自分を責めるのはおやめください」

不安に揺れる美しい翠玉色の瞳が、見開かれる。

「せっかく生まれた愛しい命です。我が子を祝福する声よりも、落胆のため息ばかりを耳にしていらっしゃったら、こちらの気持ちまで落ち込んでしまいますよ」

「……」

「私は、第二王女だけでなく、妖精と見紛うぐらい愛らしいマリィさまに出会えて幸せな気持ちをいただきました。私と出会わせてくださり、ありがとうございます。そして、もう十八歳の私がお伝えしているかもしれませんが、改めて」

サラは一度言葉を区切り、にっこりと微笑む。

「第二王女のご誕生、心よりおめでとうございます」

その瞬間、アリーシャの美しい翠玉色の瞳から、ぽろぽろと大粒の涙が溢れ出た。それはアリーシャの頬を見る間に濡らし、ドレスに染みを作る。何かを感じ取ったのか、とてとてとやってきたマリィが、アリーシャのそばに近寄り、彼女の手を小さな手で撫でた。

「……お母さま、どうしたの？　大丈夫？」

「え？」

「お母さま、あのね。またマリィが王子じゃないって言われたのなら、大丈夫よ？　役立たずって言われても、私は平気よ？　だからお母さま、泣かないで。私、お母さまが泣いているのが、一番つらいわ」

母親を気遣うマリィの声で、アリーシャは涙を流していることを自覚したのだろう。次の瞬間、マリィを抱き上げ、顔をくしゃくしゃにして泣き出した。

「違う、違うの。マリィは女の子でいいの、役立たずなんかじゃないわ」

ぎゅっと抱きしめ、どこか許しを請うようなアリーシャの声に、胸が震える。隣に座るライオネルも、マリィを抱きしめるアリーシャを、そっと抱き寄せた。

「……」

サラは親子水入らずの時間を邪魔するわけにはいかないと思い、静かに立ち上がって、お茶の準備をした。この部屋専属の乳母と侍女を呼び、沸かした湯を持ってきてもらう。紅茶をティーカップに注ぐころには、アリーシャの涙も止まっていた。

「――はい、こちらをどうぞ」

心がほっとするような香りのする、淹れたての紅茶が入ったティーカップをソーサーごとアリーシャへ渡す。ずび、と赤くなった洟をすすったアリーシャがソーサーを受け取った。膝から下りていたマリィは、アリーシャのためにとティーカップに口を近づけて、ふぅふぅと息を吹きかけている。

その愛らしい光景に、自然と笑みが浮かんだ。

「さて、俺はそろそろ行くかな」

今まさに、サラがティーカップを渡そうとしていたところで言われてしまった。

「サラの気持ちはありがたいが、そろそろ時間なんだ」

申し訳なさそうに苦笑したライオネルは、アリーシャの背中をぽんぽんと叩いてソファから立ち上がる。部屋から出ていく父に気づいたマリィが、ライオネルの足に抱きつく。その小さな娘の頭を撫でながら、ライオネルはアリーシャの赤くなった目元にくちづけた。

そこでサラは、この部屋に来た理由を思い出す。

「あの」

「ん？」

「そういえば私、メルヴィンさまから陛下……じゃなくて、ライオネルさまが私に話があると伺ってきたのですが……」

ライオネルの本題がなんだったのか、結局わからないままというのは気になる。サラが困惑混じりに伝えると、彼はほがらかに笑った。

「その件はすんだ」

いつの間に。

目を瞠って驚きをあらわにしたサラの頭を、腰を伸ばしたライオネルががしがしと撫でる。

「わ、わわ」

「だから安心していい。ああ、それから、あまり人を信用してはいけないよ」

なぜ、そんなことを言われるのだろう。

話が変わったことで、新たな疑問が浮かんだ。ライオネルはサラの頭を撫でるのをやめ、ほんの少し真剣な様子で言った。

「俺が言えることではないのだが、さっきのアリーシャのように、サラの記憶がなくなっているのを知っていて、わざと嘘をつく人間がいるかもしれない。その嘘が相手にとって都合のいいもので、サラを騙すものだったとしたら……、傷つくのはキミだ」

「……」

「余計なお世話かもしれないが、今後はサラにとってサラが一番良いと思ったことを信じていきなさい。本来なら、俺もアリーシャも信用してはいけないんだからな」

もう一度、がしがしと頭を撫でるライオネルの手は、変わらず優しい。サラはとても穏やかな気持ちで彼を見上げた。メルヴィンよりも慈愛のこもる眼差しを見つめ、微笑む。

「そう忠告してくださる方だからこそ、私はあなた方ご兄弟を信頼しているのです」

まさか、こんなにも早く彼の助言が本当になるとは思わなかった。

「私、ここへ来る前に、メルヴィンさまから同じことを言われました」

『兄上には、気をつけろ。――いや、兄だろうとなんだろうと気をつけるに越したことはない。相手が覚えていないのをいいことに、自分の都合のいいように嘘をついて、サラを騙す人間がいるかもしれないだろ？　そんな者はこの城にいないと思いたいが、サラの心を守れるのはサラだけなんだ。遅い忠告になったが、俺の話もちゃんと疑っておけ』

そう言って、メルヴィンはサラを送り出してくれた。

「メルヴィンさまも、ライオネルさま同様、ご自分を疑うよう私におっしゃいました。いくら十六歳の私でも、私を思っての言葉を聞き間違えるようなことはいたしません。私は、おふたりのこと、アリーシャさま、マリィさまのことを信じます。信じている方々に裏切られるのは私の責任ですが、みなさんに騙されるのなら本望です」

まっすぐに、自分の心を曲げずに伝えると、ライオネルは一瞬驚いたように目を瞠り、微苦笑を浮かべた。

「……あいつめ」

「先手を打たれてしまいましたね」

「そういうところが、かわいくないんだ。まったく」

と、言いつつも、言っていることと表情はまったく違う。

困ったように、それでいて優しさがにじみ出ているライオネルを見ているだけで、サラはふたりが互いに思い合っていることがわかり、胸があたたかくなった。

「サラ」

「はい」

「俺たちを信じてくれて、ありがとう」

穏やかなライオネルの声に、自然と口角が上がっていく。

「私こそ、ありがとうございます。みなさんと築いてきた大切な時間を忘れるという不義理なことをしてしまった私を、信じて、受け入れてくださって」

とても、嬉しかった。

屈託のないマリィの対応も、出迎えてくれたときのアリーシャの笑顔も、ライオネルがサラのためにとしてくれた忠告も、そのどれもがサラを包んでくれた。

だから、素直に言葉にすることができたのかもしれない。

「私、みなさんのことが大好きです」

自信を持って、そう言える。

すると、マリィがサラの足元にぽふんと抱きつき、

「マリィも、マリィもサラねえさま好きー！」

と、素直に気持ちを言葉にしてくれた。

「私もですよ。マリィさまと同じ気持ちで、とても嬉しいです」

しゃがみこんだサラは、愛情を返すようにマリィを腕に抱きしめる。アリーシャも、ライオネルも嬉しそうに笑っていた。

そこへ、少し遠くからのノックの音が響き、ライオネルの表情が変わる。

「申し訳ない。本当に時間のようだ。サラはここでゆっくりしていきなさい。マリィもまだサラと遊びたいようだし、アリーシャの話し相手になってもらえると助かる。それから、パトリシアとも遊んでくれると嬉しい」

第二王女の名前を聞きそびれていたサラに、ライオネルがそっと教えてくれた。

言葉にならない思いで胸がいっぱいになっていると、ライオネルがサラの頭を最後にもう一度撫で、子ども部屋から出ていった。

その大きな背中と力強い足取りを見送り、息を吐く。

「いつかメルヴィンさまが王になったときは、こうして見送るのかしら」

心の中が読まれたのかと思い、サラは驚いてアリーシャを見上げた。

「って、思ってたのかなって」

「まったくもってそのとおりです。アリーシャさまは、魔法でも使えるのですか……？」

呆けるように言うと、アリーシャは楽しげに言った。

「魔法が使えたら、どんなにいいかしらね」

「では、どうして」

疑問をぶつけるサラに、アリーシャは昔を懐かしむように笑う。

「私もね、国王陛下がご存命のときに同じことを思ったの。結婚のご挨拶に伺った際、かろうじて立ち上がられた陛下が執務へ向かう背中が、とても大きく見えて……。さっきまで和やかに会話をしていたとは思えないほど、真剣な空気をまとわれてね。その背中を見ながら、私もいつかライオネルさまを、こんな気持ちで見送るのかしら……って」

どこか遠くを、しかしかつての自分を重ね合わせるような視線をドアへ向け、アリーシャは言った。その横顔を見ながら、サラは不思議な気分になる。かつてのアリーシャが、今のサラと重なる——そんなふうに過去と現在が重なる瞬間があるのなら、時間はどこででもつながっているのではないだろうか、と。

たとえ、忘れていたとしても。

ぼんやり、そんなことを考えていたサラの耳に、突然パトリシアの頼りない泣き声が届く。マリィがいち早くパトリシアのゆりかごへ向かい、アリーシャもソファを立ち上がった。いくらライオネルにゆっくりしていいと言われても、さすがにこれ以上の長居は申し訳ないと思い、サラも立ち上がる。

「では、私もそろそろ」

「ええ!?」

ぐずるパトリシアを抱き、背中を優しく叩いてあやすアリーシャが驚きの声をあげた。足元にいるマリィもまた「もう行っちゃうの?」と言いたげに、寂しげな視線を向ける。

「ご安心を。記憶は失っても、黙って城から去るような真似はいたしません。アリーシャさまとマリィさま、パトリシアさまがよろしければ、私は明日もこちらに顔を出したいと思っております」

「安心して。だめだなんて、誰にも言わせないから」

「お母さま私も、私も!」

「そうね。マリィが一緒なら、私も心強いわ。そのときは、ふたりで戦いましょう」

満面の笑みで応えるマリィに、アリーシャも優しく微笑む。

その微笑ましい母と娘のやりとりを見ながら、サラの心もまたあたたかくなった。

「それでは明日、またこちらにお伺いさせていただきます」

「娘たちと一緒に、楽しみに待っているわ」

「お母さま、私、サラねえさまをお見送りしてくるわ！」

「ありがとう、マリィ。頼みましたよ」

アリーシャに応えるようにして、笑顔で大きく頷いたマリィが、サラのもとまで小走りに近づく。大好きな母に頼まれたことがよほど嬉しかったのか、小さな王女は使命感に燃え立っていた。堪えきれない嬉しさが頰を赤くさせ、その翠玉の瞳はキラキラと輝いている。

両親が生きていたころを思い出しながら、サラはしゃがみこんでマリィと視線を合わせた。

「マリィさま、よろしくお願いいたします」

「任せて！」

マリィは嬉しそうにサラの手を摑み、走り出した。勢い任せに手を引かれたサラは振り返り、心配そうにしていたアリーシャに会釈をしてから、懸命に母の役に立とうとしているマリィの小さな背中を見つめる。

部屋を出てからマリィの歩く速度が落ち、サラは彼女の小さな歩幅に合わせるようにして歩いた。後ろからマリィの侍女がついてくるのを感じつつ、小さな手を握りしめる。楽しげに、それでいて胸を張るような様子で先導するマリィを眺め、自然と笑みが浮かんだ。

――私も、お母さまにおつかいを頼まれたときは、こんな感じだったのかしら。

ふふ、と密かに笑いながら、穏やかな気持ちになった。

とはいえ、さすがに部屋から離れすぎだ。いくらマリィとの時間が心地よいものだったとしても、あまりアリーシャから離れるのはよくないのではないだろうか。

「マリィさま、私はもうこの辺で」

「まだ、もうちょっと」

「しかし、お母さまがご心配なさいますよ？」

そう言うと、マリィは突然足を止めて振り返った。翠玉色の瞳が、何かを訴えるように足を止めたサラを見上げる。

「私、サラねえさまにお願いがあるの」

その真剣な表情に応えようと、サラは視線を合わせてしゃがみこんだ。

「なんでしょうか」

「あのね、あのね」

ゆっくりでも大丈夫、そう伝えるようにサラが微笑むと、マリィは意を決した様子で口を開いた。

「私も、お母さまにありがとうって伝えたいの」

「……」

「パッティ……、パトリシアを産んでくれて、私をお姉さまにしてくれて、ありがとうってしたい。サラねえさまのように、私もちゃんとお母さまに伝えたくて……、でも言葉だけじゃ足りなくて、その、だから」

それ以上の言葉が見つからないのだろう。

視線が徐々に下がっていき、マリィは小さな手でドレスの裾をぎゅっと握りしめる。サラはマリィの頬を優しく撫でて、顔を上に向かせた。今にも泣き出しそうなマリィを見つめ、にっこり微笑む。

「小さな花束なんて、いかがでしょうか?」

一瞬、何を言われたのかわからないといった様子のマリィだったが、少しずつ表情を明るくさせ、最後には満面の笑顔になる。

キラキラとした朝露を含んだ美しい花のようだ、とサラは思った。

「まあ、素敵！　素敵だわ、サラねえさま！　お母さま、お花好きなの！　ねえさま、手伝ってくださる?」

「私でよければ、ぜひ。でも、その前にお母さまへ遅くなることをきちんとお伝えしてからです」

「わかったわ！」

立ち上がったサラが、背後に控えているマリィの侍女へ振り返る。会話の内容を聞いていたのだろう、優しい微笑みを浮かべた彼女に「お部屋に戻るのが遅くなることを、アリーシャさまにお伝えくださるかしら？」とお願いすると、快く頷いてくれた。

「花束の件は、ここだけのお話にしておきます」

「お願いします」

秘密を共有するように互いに微笑み、侍女は来た道を戻っていった。

「さ、参りましょうか」

サラがマリィへ振り返ると、再び手を掴まれる。こっちこっち、と急かすようにサラの手を引くマリィの背中が愛しくて、自然と笑みが浮かんでいた。視線を感じてふと顔を上げると、すれ違う貴族や兵士と目が合う。一様にマリィの愛らしさに表情が緩んでいるのに気づいたのだろうか、表情を引き締めたり、照れたようにはにかんだりと反応は様々だった。

そんな微笑ましい時間を感じながらも、サラは同時に奇妙な既視感に包まれる。

流れ行く景色の中で、なんとなく身体がどこへ向かっているのか、わかっているように思えた。記憶にない景色のはずなのに、心は懐かしさで震える。不思議な気分のまま小さな妖精に案内された場所は——、

「ここよ！」

回廊に囲まれた中庭だった。

等間隔にある柱の間から、緑と色とりどりの花が風で揺れているのが見える。その陽の光が惜しげもなく当たる中庭へ、マリィは楽しげに入り込み、ふわりとドレスの裾を揺らしてサラを呼んだ。

「ねえさま、早く早くー！」

その姿はまさに、花の妖精そのものだった。

美しい髪を風になびかせ、花々に挨拶をするマリィの姿があまりにもかわいくて呼吸をするのが苦しいほどだ。無邪気に微笑むマリィに名を呼ばれ、再び手招きをされたところで、ようやくサラは我に返った。

「今、参ります」

中庭へ足を踏み出す。

一瞬のうちに様々な緑と花の香りに包まれた。あたたかな太陽の光とともに、かわいらしいマリィに迎えられ、サラもまた一緒になって花を選ぶ。

「お母さまはね、明るい色が好きなの」

マリィが真剣に悩んでいる様子で「これがいいからしら、それともこれ？」とつぶやくのを隣で聞き、そのかわいらしさについつい顔が緩んでしまう。

「サラねえさま、聞いてます？」

「聞いていますよ。明るい色ですね。せっかくですから、ハーブも入れて、香りもよくしましょうか」

「うん！」

中庭は庭園というよりも、自然に任せた花畑に近い。

一応人の手は入っているのか、一角に薔薇もあった。雑草もあるのだが、それもやはり選別しながら残されているような気もする。秩序があるようでない。かといって、無秩序でもない。

まるで妖精の国にでも迷い込んだような気分にさせてくれる、不思議な中庭だった。

しゃがみこんだマリィとふたりで、草花の陰に姿を隠しながら花とハーブを探していたら、気づいたときにはそれなりの量になっていた。

「ねえさま、最後にこれを入れてもいい？」

「ええ。大丈夫ですよ。そちらをここに入れて……うん、いい感じです。では仕上げに」

サラは膝の上に、集めた花とハーブを置き、髪飾りにしていたレースのリボンを解く。それで手早く花々を束ねると綺麗に結んだ。色の配色などの微調整をして、出来上がった花束をマリィへ差し出す。

「はい、できました」

「わぁあ」

目をキラキラに輝かせて鼻を近づけたマリィが、花束の香りを嗅ぐ。

「いい匂いね！」

中央に明るい色の花を置き、その周囲に緑がメインになるハーブを添えた、小さいがボリュームのあるかわいらしい花束が気に入ったのか、マリィはサラに抱きついてきた。

「ねえさま、ありがとう！」

小さな身体にぎゅっと抱きしめられて、嬉しくないわけがない。

優しい気持ちになったサラもまた、マリィを抱きしめ返そうとしたのだが。

「――なあ、王家はどうなってしまうのだろうな」

中庭から無防備な声が届き、息を潜める。

別に隠れる必要はないのだろうが、話の内容からマリィともども顔を出すのはよくないと思った。マリィはサラの胸元に顔をぐりぐりとこすりつけ、小さな身体で感謝と好意を向けてくれている。そんな彼女に聞かせたくない話かもしれないと思った刹那、勝手に身体が動いた。

なんとなく、誰かがこうしているのをどこかで見たような気がして。

「……ねえさま？」

花束を脇へそっと置き、マリィの耳を両手で挟むように覆っていた。

きょとんとするマリィににっこり微笑み、額をこつりと付け合わせたサラは、彼らの会話が小さな妖精に聞こえないことを祈った。

「王女ばかりでは、さすがに頭が痛い」

「しかし、それは俺たちが考えることではないだろう？」

「確かに俺たちが考えることではないかもしれないが、少なくとも、俺はプレスコット王家に一生を捧げると誓って騎士団に入ったんだ。もし今後、王家が続かないとなるとプレスコット家の血を受け継がない王に仕えることになる。……それが、とても嫌なのだ」

「おまえは、陛下もメルヴィンさまも大好きだからなあ」

「複雑にもなる。あの方々は本当に素晴らしい。この王城にはびこっていた悪をすべて一掃したんだぞ!? あの宰相は、本当に最悪だった。……だからこそ俺は、あの方々の血を継ぐ王子に、変わらぬ忠誠を誓い続けていたいのだ。永遠に」

「……気持ちはわかる。だが、気持ちだけではどうにもならないこともある。それを知っていくことも、心の鍛錬になるんじゃないのか」

「おまえは、ときどきまっとうなことを言うのだな。鍛錬は不真面目なのに」

「適度に生きるのも、大事だぞ」

「おまえのは息を抜きすぎだ。少しは団長を見習ってだな――」

そこから先は、ただのじゃれ合いという名の雑談になっていった。

サラは足音が遠ざかったのを確認してから、額を離してマリィの翠玉色の瞳を見つめる。

彼女はきょとんとした顔で小首を傾げた。どうしたの。何かを察したのか、声を出さないように口を動かすマリィに、サラはなんでもないと言うように首を横に振った。

「マリィさまの気持ちがアリーシャさまに伝わるように、と祈っておりました」

微笑むサラに、マリィも安心したのか満面の笑みになる。

「ありがとう、サラねえさま！」

再びぎゅっと胸元に抱きついてくるマリィを抱きしめ、この少女の負担になる不要な言葉から守りたいと、サラは心から思った。腕の中でもぞもぞ動くマリィに気づき、腕の力を緩める。頬をほんのり赤らめたマリィが、ふぅと息を吐く。

「ねえさまのお胸、ふあふあですべすべなのはいいのですけれど、もっちり吸い付いてくるのですごいです。お母さまとは違う気持ちよさですね！」

一瞬、何を言われたのかわからなかったサラだったが、遅れてやってきた理解によって目を瞠る。愛らしい少女の口から紡がれた言葉に赤面して目を瞬かせていると、

「お迎えにあがりましたよ」

どこからか、聞き慣れた声が届いた。

すぐにマリィがその声に反応する。

「パフだわ！」

サラが聞いたことのない呼び名を口にし、マリィは立ち上がって手を振った。その先にいたのはパッフェルだ。柱のそばに立っている彼を見ても、まさか彼の愛称だとは信じら

れなかった。

「ねえさま、お迎えがきたので、わたくし部屋へ戻ります」

「わかりました。では、こちらをお忘れになりませんよう」

さっきまで見せていた子どもらしい表情とは打って変わって王女の顔になったマリィへ、サラはかわいらしい花束を手渡す。すると、花束を受け取ったマリィがサラの頬へくちづけた。

「ありがとう、サラねえさま」

目の前に現れた満面の笑みに、息を呑む。

小さな妖精は美しい髪をなびかせて振り返り、パッフェルのもとへと走っていった。しばらくしてパッフェルとマリィの声がしてくるのだが、会話までは聞き取れない。それ以前に、マリィのかわいらしい仕草と妖精でも見ているような愛らしさに、サラは心を奪われていた。

「……妖精って、本当にいるのね」

はぁ、と小さく息を吐いた直後。

「同感だ」

背後から聞こえた声とともに肩を掴まれ、身体が後ろへ傾ぐ。何が起きたのかと思ったときには耳に吐息がかかり、後ろから首に腕を回され、ぎゅっと抱きしめられる。

「だから、こうしてつなぎとめておかないとな」

耳に触れる唇から放たれた声が、甘く頭に響いた。

なぜ、彼がこんなところにいるのだろう。

そんなことを思いながら、サラは背中を預けている人物の名を紡いだ。

「……メルヴィンさま」

「ん？」

「先程の妖精とはマリィさまのことであって、私ではありません」

「確かにマリィの愛らしさは妖精……いや、天使そのものだ。俺も兄上も、マリィを見ているだけでだらしない顔になるから否定はしない。しかし」

メルヴィンの嬉しそうな声が近づき、優しく頬を擦り寄せた。

「俺だけの愛しい妖精は、たったひとりだ」

メルヴィンの腕の中に閉じ込められ、まるで「愛しいのはおまえだけだ」と言われているようなセリフを囁かれたら、心臓が大きく跳ねるのはどうしようもない。サラは動揺を抑えるようにして、息を吐く。かすかにその息が震えていることなど、気づかずに。

「……あのですね」

「なんだ」

「聞いてて恥ずかしくなるようなことをおっしゃらないでください。からかうにしては、心臓に悪いです」

「本気だが？」

　即答するメルヴィンの真剣な声に、ぐっと喉の奥が詰まった。

「メ、メルヴィンさまは女性を口説くのに慣れていらっしゃるかもしれませんが、私は」

「ああ」

　ふ、とかすかに笑った吐息が耳にかかり、肩が小さく跳ねる。すると、メルヴィンはサラの頬を優しく撫でた。

「俺が口説いているのだと、理解はしているのか」

　なるほど、とどこか納得したような、嬉しそうな声がしたと思ったら、首に回されていた片腕が解け、サラの両足へと向かった。それをぼんやり見つめていたら、ドレスごと両足の膝裏を持ち上げられる。そしてくるりと右向きにさせられた。

　あっという間に、メルヴィンの顔が現れる。

　膝を立てている彼の左足を背に、まばたきを繰り返すサラの顔を横から覗き込み、メルヴィンは不敵に笑った。

「せっかくだから、試しにおとなしく俺に口説かれてみるのはどうだ？　サラが望むのなら、全力で口説かせてもらうが」

　先程まで花の香りでいっぱいになっていた胸が、今度はメルヴィンでいっぱいになる。

彼の香りだけではない。そのからかうような甘い声も、不敵な笑みも、どこか真剣な眼差しも、彼のすべてがサラの胸に入り込んでくるようだった。

すでに、全力で口説かれているような気分になる。

「で、ですから、そういうのは……んぅッ！」

思わず声が大きくなりそうになった瞬間、近づいてきたメルヴィンの唇に塞がれた。いきなりのことで目を瞬かせるサラに、メルヴィンがかすかに唇を触れ合わせたまま囁く。

「人がくる」

かすかだった足音が徐々に大きくなり、数人の足音になった。

雑談をしながら回廊を歩く数人の話し声と、その内容が聞こえてくる。先程も思ったが、ここはもしかしたら人の話し声を聞くのにちょうどいい場所なのかもしれない。

そんなことを考えていたのが相手にも伝わったのか、メルヴィンが「他のことなど考えるな」と言うように、くちづけを重ねる。執拗に何度も唇を吸われ、ちゅ、という甘い音に包まれていくと、回廊の話し声など聞こえない。

唇のやわらかさしか、感じられなくなっていった。

メルヴィンの唇が離れていくころには、回廊の足音も話し声も聞こえなくなっていた。

「気持ちよさそうな顔をして」

そういうあなたは、とても嬉しそうな顔をしてますよ。――と、すぐには言えず、与えられた甘い痺れに、サラはすっかり身体をメルヴィンに委ねていた。

「……そういえば」

「ん?」

「メルヴィンさまは、ここで何をなさっていたのですか?」

「昼寝」

「……そんな暇があるのでしょうか」

「ないな。だが、たまの息抜きは必要だろう?」

「……そうですね」

「おかげで、今日はとてもかわいらしい妖精に出会えた」

嬉しそうに微笑んだメルヴィンが、サラの頬を優しくくすぐる。まるで「それはおまえだ」と言わんばかりの眼差しに、サラはいたたまれなくなった。

「ですから、妖精はマリィさまだと、あれほど」

「だから、俺にとっての妖精はサラだと何度も言っている。あまりうるさいと、その唇、塞いでしまうぞ」

ふにふに、と親指の腹で唇を撫でられ、口を閉じる。だからといって、認めたわけではないと伝えるように、メルヴィンを見た。

「ん、いい子だ。反抗的な目をしても、かわいらしいな」

愛でられた。

サラの視線の意図を汲んだ上で愛でられてしまい、思いどおりにいかない。だからサラは、首を横に振って彼の言葉を否定することしかできなかった。その反応にメルヴィンは笑い、そっと唇を近づけてくる。

それはサラの額に触れ、目尻に触れ、鼻先に触れた。

頬をくすぐるように指で撫でながら顔中にくちづけてくるメルヴィンの唇に、最初は戸惑いこそしたが、すぐに心地よくなっていった。

愛でられているのか、これが彼の言う「全力で口説く」なのかはわからないが、彼の手や唇から伝わってくるぬくもりは、どれもこれも優しくサラの心を包んだ。

——……気持ちいい……。

顔中に降り注ぐくちづけにうっとりしていると、再び回廊のほうから数人の足音が聞こえてくる。近づくにつれ会話の内容が耳に届き始めるのと、サラの唇にくちづけようとしたメルヴィンのそれを両手で遮ったのは、ほぼ同時だ。

「んむ」

目を瞬かせるメルヴィンと指先に当たる唇のやわらかさよりも、何よりも、サラは自分の耳に入ってきた話し声のほうが気になった。

「……サラ？」

どうかしたのか、と問うように名前を呼ばれ、サラはメルヴィンの首の後ろに両腕を伸ばす。そのままぎゅっと抱きしめると、彼は背中を支えてくれた。

「メルヴィンさまは、あったかいです」

「……ん？」

「ちょっと女性に節操がないだけで、冷血漢ではありません」

「……」

「……私に言わせれば、陰で悪口を言うほうがよっぽど性格が悪いです」

抱きしめる腕の力を強くして、サラは彼の首筋に顔を埋めた。すると背中を支える彼の手が、サラをあやすように優しく叩く。とんとん、と。

「なるほど。それが俺の唇を拒んだ理由か」

メルヴィンは楽しげにつぶやいた。

「言いたいやつには、言わせておけ」

「メルヴィンさまをちゃんと見ないで好き勝手言うのは、腹が立ちます」

「……言われたのは、俺だぞ？」

「ええ、そうです。そうですとも。でも、私のことを言われるより腹が立つんです」

「だったら通りすがりの言葉など聞かず、素直にくちづけられていればよかったものを」

サラは腕の力を緩めて、メルヴィンの顔を見た。

「それでは、夫婦になった意味がありません」

「……」

「夫の心を守れるのは、妻だけです」

たとえ記憶を失おうとも、この思いは十八歳の自分も持っていたはずだ。

そう信じて、サラはメルヴィンの額に己のそれを重ね合わせる。

祈るように、伝えるように、思いを織りなし言葉に変えた。

「どんな理由で夫婦になったにせよ、どんなときでも、私をメルヴィンさまの妻でいさせてください」

彼にまつわるすべてを背負うことはできなくとも、せめてその心を抱きしめることぐらいは許してほしかった。

「……はぁ」

吐き出されたため息に、どこか困惑が含まれているような気がして、サラは重ねていた額を離す。気を悪くさせてしまったのだろうか。それとも、困らせてしまったのだろうか。

不安に駆られてメルヴィンの顔を見つめると、彼は今にも泣き出しそうな表情をしていた。

「だから、俺は俺でいられるのかもしれないな」

メルヴィンはサラの頬を撫で、許可を得るようにゆっくりと唇を指先でなぞる。

ふにふに、と感触を指の腹で確かめてから顔を近づけてきた。回廊から、足音が聞こえる。しかし、話し声はない。唇に触れた吐息に意識がメルヴィンへ向き、ゆっくりと近づいたそれが触れ合うところで――。

「今度こそ、お迎えにあがりましたよ」

パッフェルの声が中庭に響き、メルヴィンの動きがぴたりと止まった。

「……」

「……」

互いに見つめ合うこと数秒。

メルヴィンは、サラの首筋に顔を埋めて盛大にため息をついた。

「…………時間切れのようだ」

「ですね」

「続きは、また今度」

約束だと言わんばかりにサラの首にくちづける。

「摑まって」

言いながら、メルヴィンは彼女の膝裏と背中に手を添えて抱き上げるようにして立ち上がった。咄嗟に彼の首に抱きつくと、パッフェルと目が合った。嬉しそうに微笑む彼の、そのあたたかな眼差しが恥ずかしくて、サラははにかむことしかできない。

「そういえば、サラ」

歩き出したメルヴィンから声をかけられる。

「さっき、マリィの耳を手で押さえていたが、あれは……」

「あ、その、回廊からマリィさまとパトリシアさまの……、よくないお話が聞こえてきたので、咄嗟に……こう、耳を……」

言いながら、大きな手がマリィの耳を塞いでいる場面が思い浮かぶ。

――……そう、誰かが……誰かが以前、マリィさまにそうしていたのを見た……気が。

何か思い出しそうな気はするのだが、喉の奥に詰まったような、あやふやな感覚だけが残る。まさかとは思うが、記憶が戻りつつあるのだろうか。生まれたばかりの希望を胸にメルヴィンを見た。

「ん？」

どうした、と顔を覗き込んでくるメルヴィンの顔を見ていたら、何も言えなくなった。

「……その、耳を塞いだら、マリィさまには聞こえないと思って……」

「それは、気を使わせたな」

申し訳なさそうに苦笑したメルヴィンが、サラの額に唇を押し付ける。

触れるところからメルヴィンの優しさとぬくもりが伝わってくるのに、なぜか本当のことが言えなかった。

少しでも記憶が戻りそうだと知ったら、きっとメルヴィンも喜んでくれるはずだ。それなのに、喉の奥が閉まるような感覚になるのは、どうしてだろう。

十八歳の自分が、嫌がっているのだろうか。

そんなことを考えている間に、回廊へ着いたのだろう。彼に下ろされた。

「サラ、俺はこのまま戻るが……」

「私のことはご心配なく。身体が覚えているのか、なんとなく部屋への戻り方はわかりますから」

「……そうか。わからなくなったら近くの者に聞くといい」

「先程、ベルもサラさまのことを捜していたので途中で会うかもしれません」

それでは、と挨拶をするパッフェルとメルヴィンを回廊で見送り、サラは踵を返した。

メルヴィンに言ったことは嘘ではない。

マリィに連れてこられたときの感覚を思い出しながら城の中を歩いていると、パッフェルの言ったとおり、ベルと会うことができた。不思議な感覚に戸惑いつつも、自分の記憶が少しずつ戻ろうとしている予兆なのかもしれないと思えば、納得する。

ただ、なぜその予兆をメルヴィンへ伝えられなかったのかだけは、わからなかった。

そしてその夜、

『──メルヴィン殿下は、陰で家臣たちを操り、密かに王位簒奪《さんだつ》を計画している』

と言う、叔父の夢を見た。

第四章　芽生えた不信感

遠くから、楽しげな子どもたちの声が聞こえてくる。

サラはその日、郊外の小高い丘にある孤児院を訪れていた。

ベルが言うには、十八歳のサラは週に一度はここへ来ていたらしい。王家が支援している孤児院の存在を知ってからというもの、足りない物資やたくさんの菓子を差し入れていたのだという。メルヴィンとの結婚は公表されていても、公式の場で国民に紹介されているわけではない。だからこのときばかりは指輪を外し、あくまでもアイアネス家の令嬢として孤児院へ来ていた。しかも、その習慣を欠かしたことはなかったそうだ。

だからこそ、サラはここへ来ることを決めた。

いくら自分の都合とはいえ、あらかじめあった予定を取りやめるのはよくない。二年間、何があっても、欠かしたことのない習慣だと聞けばなおさらだ。それにもし、孤児院の子どもたちがサラを待っていたらと思うと、いてもたってもいられなかった。

記憶がなくても、子どもたちや孤児院で彼らの世話をしている者たちへ物資を届けることぐらいできる。そう思い、ここまでやってきた。

喜ぶ子どもたちひとりひとりに菓子を配り、彼らの日差しのようなあたたかい笑顔を見ては、心が安らぐ。彼らと一緒に遊んでいるときもそれは変わらない。

しかし。

穏やかに流れる時間に身を置き、平和だと思える瞬間を感じているというのに、サラの頭の中はふとした瞬間、違うことを考えていた。

原因は、わかっている。

今朝見た、夢のせいだ。

メルヴィンから死んだと聞かされていた叔父の声が、今でもまだはっきりと思い出せる。しかも、夢に出てきた叔父の姿は、最後の記憶よりも年齢を重ねていたように見えた。白髪の面積も、皺の数も、寄る年波には勝てない部分が明らかに増えていた気がする。

だというのに、不思議に思わなかった。

むしろ、生きていると思うほうが、しっくりくる。

なぜそう思うのかは、わからない。

そして不思議にも、メルヴィンに叔父の死を聞かされてからずっと胸にあるもやもやが、今朝の夢を見てどういうわけか確信へと変わった。

——おじさまは、生きている。

そんなことを思う。

だが、もしこれが真実だったなら、メルヴィンはどうしてサラに「叔父《エルド》は死んだ」などと言ったのだろう。嘘をつく必要はないはずだ。

疑問が疑問を呼び、さらに頭が重くなったところで、サラは気分転換に歩くことにした。孤児院を出てあたたかな日差しを浴び、胸いっぱいに新鮮な空気を吸う。すると、ドレスの裾を突然下に引かれ、視線を下ろす。——少女がいた。

「サラさま、サラさま」

サラは視線を合わせるようにしゃがみこみ、少女と目線を合わせる。

「なんでしょう?」

「あのね、こっち」

「え?」

「こっち、こっちなの」

サラの手を掴み、少女は孤児院とは別方向の森へ向かおうとしていた。不思議に思いながらも、サラは立ち上がって少女のしたいようにさせてやった。手を引く彼女に連れられてやってきたのは、やはり近くの森だった。

「あんまり奥はだめですよー」

「ん。だいじょぶ。こっち、こっちよ」

ちらりと振り返ると、木々の間から孤児院の入り口が見える。まだ、そんなに離れてはいない。あまり奥まで行くのはよくないと思い、サラはある程度まで行ったら少女を連れて孤児院へ戻ろうと考えていた。

しかし、思っていたよりも早く、少女の足は止まった。

振り返ってにっこり微笑む少女の先、大木の陰に隠れていたのか、草を踏む足音がふたつ。サラが顔を上げるのと、彼らが姿を現したのはほぼ同時だった。

「……あらベル、こんなところで……」

と、言いかけて、サラは口をつぐむ。

ベルの表情が硬い。しかも、彼女の背後には見知らぬ男がひとり。なんとなく、嫌な予感がする。サラは離れようとしている少女の手を、しっかりと握り直した。

その直後。

「動かないでください」

何かを察したのか、逃がしたくないのか。男は流れるような動きで、ベルの首筋に鋭いナイフを当てた。サラは咄嗟に、少女の手を引き寄せて正面から抱きしめる。ひどい場面を見せたくなくて、腹部のあたりに少女の顔を押し付けた。

「動くな、と言いましたが？」

「……すみません。この子に、危ないナイフの使い方を見せたくなかったもので」

「これぐらい問題ありません。肉を斬るには、刃を引かないといけませんからねえ」

嫌な気分にさせることを言う男だ。

しかし、ここで相手を刺激してはいけないと、自分を強く持つ。

「この子は何も見てません」

「……そうですね」

「これからする話にこの子が関係ないのなら、余計な話を聞かせたくありません」

「懸命な判断だ。……わかりました。その子は解放しましょう」

その返答に、サラはひっそり安堵の息を漏らす。それから大丈夫と自分に言い聞かせ、
少女の目線に合わせて腰を下ろした。

「こっちを振り返らず、そのまま孤児院へ戻って」

不安でかすかに揺れる少女の榛色《はしばみ》の瞳を覗き込み、サラは微笑む。

「大丈夫。すぐにすむわ。だから、このことは忘れるのよ」

いい子だから、と祈る気持ちで少女の頭を撫でる。彼女は、わからないながらも小さく
頷き、理解を示してくれた。サラもまた笑顔で頷くと、少女は不安そうな表情をしたまま、
この場を離れる。耳をすませて、足音が小さくなったのを確認してから立ち上がった。

「では、危険なナイフの使い方ではなく、目的を話していただけますか?」

動揺を表に出さないよう、やわらかな声でゆっくりと意思を伝える。すると、男は怪訝な表情を返した。

「……それは、あなたが一番わかっているのでは?」

これ以上、余計なことを言ってはいけない。──そう、直感が働いた。

話す内容ひとつで、男が自分に抱く疑念が大きくなるような気がする。サラは緊張で速くなる鼓動を落ち着かせようと、小さく息を吐く。その様子を見て、相手が何か察したのだろう、口元を緩ませた。

「まあいい、相手は影の王だ。そう簡単に出し抜けるとはこちらも思っていない。ただ、連絡がないといささか不安を覚える方たちだからな、報告はちゃんとしてほしいものだ。……と、言いたいところだが」

男は言いかけ、腕の中にいるベルを見た。

「そうもいかなくなった」

困った、彼の言いたいことがわからない。

嫌な笑みを浮かべる男の話を理解しようにも、わからないことだらけだ。ベルの身の安全のため、話を合わせようとしているのだが、いかんせん情報が少なすぎる。今までの話から察せられるのは、どうやら彼は誰かに雇われているらしいことと、その雇い主から十八歳の自分が影の王に何かをするよう頼まれている——らしい、ということぐらいだ。

必死に考えるサラの思考を邪魔するかのように、男は嬉しそうに続けた。

「ほら、あなたが影の王に薬を飲ませて、前国王の遺言書を持ってくるよう頼まれていた話ですよ。確か、飲ませた相手を自分の好きにできる、男にしか効かない薬でしたっけ」

「……え？」

「まただ、とぼけたフリがお上手ですね。ああ、そうか」

わざとらしく続ける男の声に、胸がざわつく。嫌な予感でいっぱいになっていくサラに、男は口元を歪ませた。

「自分の夫を裏切っているなどとこの女に知られたら、あなたの立場がないですからねえ？」

その瞬間、サラの頭の中は真っ白になった。

何を言われているのか理解できず、男の歪んだ口元しか印象に残らない。思わぬところで十八歳の自分が抱えていた裏切りを聞かされ、サラの思考は停止した。

「おやおや？　これはもしや、彼女には内緒にしていたんですか？　そうですよねえ。彼女は宰相の妹だ。影の王にもっとも近い男の妹。しかも、その彼女をあなたのそばにつけたのが影の王ご自身とくれば、発言に気をつけるのは当然です」

ふふ、と楽しげに声を漏らした男が、口の端を吊り上げて笑った。

「あなた、気づいてました？　すでに影の王に疑われていることを」

喉がひゅっと鳴り、心臓が一瞬で凍りついた。

その場で固まるサラに、ベルが顔色を変える。

「サラさま、こいつの話を聞いてはいけません！」

「配置換えなどそんなにない王城で、突然あなたの身の回りの世話をする人間が、宰相の妹に変わったんですよ？　逆に、どうして疑われてないと思えるのですか？」

「サラさま、殿下は……！」

「黙りなさい」

冷えた低い声が、ベルだけではなくサラの耳にまで届く。底冷えのする恐怖が身体にまとわりついた感覚で我に返った。

「いいですか。あなたはもうすでに影の王に疑われているんです。その状況で、こちらの頼みを断ることも、裏切ることもできないんですよ。彼女に話も聞かれてしまったことですしね？」

「それは、あなたがわざと話したから……ッ！」

ベルの抗議をもろともせず、男は表情を変えずに彼女の口を手で覆った。身じろぐベルをそのままに、男の鋭い視線がサラを射抜く。

「今夜だ」

「……」

「今夜までにケリをつけろ。余計なことも言うな。でなければ、こいつの命はない」

「え？　……あ、ああ、そんな。それはあんまりです……！」

一瞬何を言われたのかわからなかったが、理解がやってくると途端に身体が震え始める。

「おまえがしっかりやるべきことをやれたなら、ちゃんと返してやる」

「でもベルは！　ベルは関係ありません！」

「あるさ。言っただろう？　俺たちの話を聞いた。こいつは知りすぎたんだ」

今までの会話が、このためだったのだと理解したときには遅かった。サラは、ただ首を横に振ることしかできない。連れていかないで、と懇願するように。

しかし、その懇願は男に届かなかった。

楽しげに微笑んだ男は、話す機会をやると言うようにベルの口を覆っていた手を退けた。

「サラさま、私は、私は大丈夫です。ですから、どうか、どうか殿下を信じてください。殿下には、ベルは少し長い買い物に出ているとお伝えくだされば……！」

再び男に口を手で覆われてしまい、ベルの言葉は途中で遮られる。

「では、今夜零時に、この間の場所で」

それだけ言うと、男はベルを連れて森の中に消えた。

葉の擦れる音が遠くなり、聞こえなくなったところで、サラはようやく息を吐く。張り詰めた緊張感から解放されたせいか、その場でへたり込んでしまった。

「ど、どう……したら……」

何も、考えられない。

こうしている暇はないと頭ではわかっているのに、今になって身体が恐怖に縛られる。サラは震える手で己の身体を抱きしめた。大丈夫だと自分に言い聞かせなければ、すぐにも逃げ出したい衝動に呑まれてしまいそうだ。激しく脈打つ心臓をなだめるように、ゆっくりと息を吐く。

自分の状況を突きつけられるには、あまりにも突然すぎた。

理解が追いつかない。できることなら、私には関係ないと叫びたかった。十八歳の自分がしたことを、十六歳の自分がどうにかできるわけがない。こんなの無茶だ、無茶すぎる。未来の自分が記憶をなくしたくなるのも、わかる気がした。

だからといって、ベルをみすみす見殺しになどできない。

記憶がないせいだとわかっていても、自分が情けなかった。ベルがさらわれるのを黙って見ていた自分も、メルヴィンを裏切って逃げるように記憶を失った十八歳の自分も――。

「うんざりだわ」

誰を信じればいいかなんて、今はどうでもいい。

「私は、逃げない」

ただそれだけだ。

決意を言葉にしたサラの身体から震えは消え、彼女は静かに立ち上がった。

——私は、メルヴィンさまのような謀の才はない。だったら、まずは言われるままに行動するしかないわ。ベルの命がかかっているんだから。

考えるのは、あとにしよう。

サラは、踵を返して来た道を戻った。

陽はまだ高い。約束まで、まだ時間はある。サラは王城へ戻ることにした。ゆっくりしていた御者に申し訳ないと謝罪をし、孤児院を後にする。

王城へ到着するまでの間、サラは揺られる馬車の中で、わからないながらも状況を一度整理した。自分の置かれた立場を理解しなければ、適切な行動がとれないと思ったからだ。

——確かあの人……、方たちって言ったわよね。

男の言い方からして、たぶん彼を動かしている人間は複数いる。

それが誰なのか、今のサラには見当もつかない。ただ、メルヴィンを影の王と言うぐらいだ、きっと王城の内情に詳しい人間なのだろう。

十六歳のサラは、メルヴィンが影の王と言われていることは知らなかった。

問題は、その人物が今も王城にいるかもしれないということだ。

もし近くにいるとしたら、サラは慎重に行動しなければいけない。

――まったくすごいわ。メルヴィンさまを狙うために、一番近くにいる妻の私に頼むなんて……、とても大胆な計画よね。というか……、十八歳の私は、よく彼らの言うことに従ったわね……。

やむを得ない事情ならまだしも、そうではない状況で、すんなり知らない人間の言うことを聞くのだろうか。

考えれば考えるほど、十八歳の自分が何を考えていたのかわからなかった。

それに。

「……メルヴィンさまを、裏切るなんて……」

ふたりの間に何があったのか、自分のことなのにわからない。わからないだらけで頭が沸騰しそうになっていると、馬のいななきが聞こえ、馬車が止まった。

どうやら、王城に着いたらしい。

「……とにかく、私はおじいちゃんの書いた遺言書を探さなくちゃ」

うん、と力強く頷いた直後、馬車のドアが開いた。

・・・・・――☆・・・・・――☆

さて、どうしたものか。

王城に戻ってから、サラは約束を果たすためにアリーシャのところへ行き、みんなで一緒にお茶を飲んだ。なにげない雑談から彼らの欲しがっている『前国王の遺言書』の場所を聞き出そうとしたのだが、彼女は知らないようだった。

『お義父さまの遺品？　さあ、私は見たことがないわ。崩御なさった当時、遺品の整理をしていたのは、ライオネルさまとメルヴィンさまだったから……』

どうしてそんなことを、と問われる前に話題を変えたものの、人を騙すというのはどうにも気分がよくない。サラはこれ以上ふたりを巻き込まないよう、適当な理由をつけて部屋を出たのだった。

——……やっぱり、メルヴィンさまとライオネルさまに直接聞いたほうが……。

と、思いかけて、首を横に振る。

——だめよ。察しのいいおふたりのことだもの、きっとすぐに私の嘘を見抜いてしまうわ。……ああもう、私はどうしたらいいの……。

渡り廊下から見上げた空は、青からあたたかみのある色へと変わっていた。陽が完全に落ちたら、夜がやってきてしまう。自分に残された時間が少なくなっていることに気づき、焦りが浮かんだ。

自然と速くなる鼓動を落ち着かせるように、大丈夫だと言い聞かせて深呼吸を繰り返す。

「サラさま……！」

突然声をかけられ、声のするほうへ振り返ると、カノンが人懐こい笑顔で駆けてきた。その笑顔を見ているだけで、疲弊していた心が少し楽になる。

「今、お戻りのところですか？」

「ええ、そうなの。カノンは？」

「私も……少し、仕事で。……ところで、おひとりですか？　ベルは？」

サラがひとりでいるのを不審に思ったカノンが、周囲をきょろきょろと見回す。サラは努めて平静に、ベルが言っていたことを復唱した。

「ベルは、少し長い買い物に出ているの」

彼女に言われたとおりのことを伝えると、カノンは納得したように微笑んだ。

「そうでしたか。では、お部屋まで私がお送りします」

「いいのよ、仕事の途中なのでしょう？」

「構いませんよ。妹の代わりを務めるのも、兄である私の役目ですから」

仕事を中断させて申し訳ないと思いつつも、これ以上の問答はカノンの厚意を無駄にしてしまう。サラは「ありがとう」と言い、カノンと一緒に歩き出した。

「孤児院は、どうでしたか？」

「素敵なところだったわ。子どもたちもいい子ばかりで……、カノンやベルと遊んだときのことを思い出して、とても懐かしかった」

「それは、よかったですね」

ふふ、と口元を綻ばせるカノンの横顔を見ていたら泣きそうになる。

つい数時間前まで、ベルとこうして笑い合っていたと思うと余計に胸が痛んだ。父の訃報を聞いたときのように、平和な時間はずっと続かないとわかっていたはずなのに。

落ち込みそうになるのを堪え、サラは気を強く持った。

自分がしっかりしなければ、カノンの笑顔が一瞬にして涙に変わるのだ。そうはさせない、させたくなかった。彼にかつての自分と母を重ねたサラは、不安になど負けていられないと気持ちを改める。

「ねえ、カノン」

「はい？」

「思い出したといえば、実はちょっとだけ……その、何かを思い出した気がするの」

「本当ですか⁉」

「ええ。ただ、とてもあやふやで……、はっきりそうなのかはわからないのだけれど、記憶をなくす前日ぐらいに、私カノンのところに薬か何かを持っていったことがない？」

「……薬……で、ございますか？」

「ええ。薬に詳しいカノンに助言を求めたりしてなかったかしら、と思って」

すべてが嘘ではないとはいえ、胸は痛む。

記憶の扉が開きかかっている感覚が確かにあっても、昔から知っている彼を騙している気持ちは拭えなかった。しかし、状況が状況だ。胸を痛めつつも、サラは冷静に自分の行動を考えていた。

十八歳だろうと、十六歳だろうと、自分《サラ》は自分《サラ》。

誰とも知らない人間から手渡された得体の知れない薬が、毒ではない確証はない。きっと自分のことだ、それとなくカノンに相談をしているのではないか、と思った。

——私なら、そうする。

少しの期待を込めて、サラはカノンを見た。が。

「ありませんよ」

きっぱりと言われてしまい、言葉を失う。

まさか当てが外れるとは思ってもみなかった。サラは「そう」と極力落胆を表情に出さず、廊下の先へ視線を戻した。この二年間、一体自分に何が起きたのだろうか。記憶を失ってからというもの、違和感がつきまとう。自分だったら、と行動するたび、二年後の自分と今の自分は違うのだと、突きつけられているようだった。

すっかり自分のことがわからなくなったサラが小さくため息をつくと、前からカノンと似たような格好をしている男性が走ってくる。

「サラさまー！」

彼はサラを知っているようだが、サラは彼を知らない。

こんなことは、記憶をなくしてから幾度となくあった。そのおかげか、ある程度の耐性がついている。サラは知っているふうを装いながら、駆け寄ってきた男に微笑む。

彼は、息を弾ませてサラに紙袋を差し出してきた。

「こちらを、バートという方から、お預かりしました」

「まあ、バートから⁉」

見知らぬ男から、よく知っている男の名前が出るのを不思議に思いながらも、サラは喜びに声を上げた。

「お知り合いですか？」

「アイアネス家の元家令よ！　バートのお祖父さまの代から、うちに仕えてくれていたの。持ってきてくれて、ありがとう」

渡された紙袋を手にして彼へ感謝を告げると、彼は去っていった。その背中を最後まで見送ってから、サラは早速紙袋を開けて中を確認した。

そこには小瓶のようなものと、メッセージカードがあった。

サラは何も考えずメッセージカードをひょいと手にして中を開く。

『親愛なるサラさま

余計なことはなさらないほうが、身のためです
どうか、この薬を使って、やるべきことをなさいませ
そして鐘が鳴る前に、御者のところへ戻るのです
彼が、あなたの大事な人のところへ連れていってくれますよ』

最後まで読み終わったところで、サラは現実に引き戻された。

顔から血の気が引いていくのを感じていると、サラの様子を心配して、カノンが声をかけてくる。

「サラさま？」

我に返ったサラは、にっこりと微笑んだ。

「バートったら相変わらず私を子ども扱いするのよ。あまりにも変わっていなくて、驚いたわ」

メッセージカードを紙袋の中へ戻し、サラは再び廊下を歩き出す。なぜ、バートがこんな荷物をサラに渡すのだろう。不安と疑念とで、誰を信じたらいいのかわからなくなる。

まるで、自分の心が迷子にでもなったようだ。

曖昧な記憶がさらに不安を煽り、疑念を増長させ、自分の存在自体があやふやになってくる。今にも足元が崩れて、目を覚ましたら〝いつもの日常〟が待っているのだと、これ

は全部夢なのだと、思いたくてしかたがない。

でも、現実は待ってくれない。

——それなら、今の私は、私ができることをやるまでだわ。

速くなる鼓動をそのままに、サラはカノンに向き直った。

「サラさま？」

「カノンにお願いがあるの」

にっこりと微笑むサラに、カノンはだめとは言わなかった。

・・・・・☆・・・・・☆

「——珍しいな、こんな時間にサラが会いに来てくれるなんて」

執務室に入ると、机から顔を上げたメルヴィンがサラを出迎えてくれる。その穏やかな表情と声に、胸が甘くときめいた。

「喉が渇くころかと思いまして」

「紅茶か？」

「お水です。紅茶は、休憩されるときだとカノンから聞きましたので」

「ということは、休憩はお預けだな」

苦笑するメルヴィンに微笑み、サラは執務机にある、ほぼ空になった水差しと入れ替えて手にしたものを置いた。グラスに水を注ぎ、いつでも飲めるよう準備をすると、おもむろに彼の手が伸びてそれを取る。グラスを口へ持っていったメルヴィンは、喉を鳴らして水を飲んだ。

「今、お時間大丈夫ですか……？」

窺うように訊くサラに、空のグラスを置いたメルヴィンは微笑む。彼は、大丈夫だと言うように手にした羽根ペンを机に置いた。空になったグラスに水を注ぐサラに、メルヴィンは周囲を見回してカノンと同じ質問をしてくる。

「……ベルはどうした？」

「あ、ベルは、少し長い買い物に出てまして」

「そう、か。なら、不便はないか？」

「大丈夫です」

勢いでメルヴィンのところまで来てしまったが、サラにはなんの策もない。どうやって、彼から前国王の遺言書がどこにあるのかを聞き出せばいいのだろう。

「どうかしたか？」

「……その」

言いよどむサラを見つめ、メルヴィンが小首を傾げる。

訝しんでいる様子はないが、これ以上変な行動を取るのはよくない。サラは考えた。彼に怪しまれない話題で、かつこの部屋にいられる自然な理由を。

「……手紙を」

「手紙？」

「はい。私と、おじいちゃんの手紙のやりとりを見たくなりまして……」

「なんでまた」

「日記代わりに手紙を書いていたので、記憶を取り戻す取っ掛かりになればいいと思ったんです。記憶をなくす前に手紙のやりとりは終わっているので、無駄かもしれませんが……、少しでも私にできることをしたくて……。でも、自分の物がどこにあるのかもわからなくて……、それで」

「俺のところにきたのか」

「はい。お忙しいとは存じていたのですが……」

「サラのことで煩わしいことなどないよ」

優しい声が、サラの心にすっと入ってくる。

その優しさに、ほんの少し心が軋んだ。

「サラが受け取った手紙は、サラ個人が管理していたから知らないが、父がサラからもらった手紙なら俺が持っている。それでもいいか？」

自然と落ちていた視線が、その言葉で上がる。

「はい、構いません」

メルヴィンは優しく微笑んでから、執務机の何段目かの引き出しを開けた。向かいにいるサラにはどの引き出しに入っているのかは見えなかったが、彼が手紙を探している間に、何かいい言い訳を思いつかなければ、と逆に焦る。

が。

「他に、欲しいものはあるか？」

メルヴィンからの思ってもみない申し出に、サラはのることにした。

「では、おじいちゃんの遺言書……とか」

「遺言書？」

「はい。おじいちゃんが私をメルヴィンさまに、と望まれていたと聞きましたが、遺言書にもそう書かれているのかと思いまして……」

メルヴィンが、取り出した手紙の束をいくつか執務机に置く。最後のひとつを置いたところで、彼の視線がサラに向けられた。

「俺の言うことが信じられない、と？」

「あ、いえ、決してそういうことではなく……ッ！　ただの興味本位なんです……、出過ぎたことを申しました、すみません」

やはり、メルヴィンから前国王の遺言書を渡してもらうのは無理がありすぎる。

十八歳の自分も、たぶんそう考えたはずだ。しょんぼりしながらも、ベルの命を思えば、このまま諦めることはできない。そう思い次の策を考えているところに、

「構わんよ」

メルヴィンの返事がサラの顔を上げさせた。

「……え？」

「構わん、と言ったんだ」

そう言って立ち上がった彼は、壁際の本棚へ向かった。そこで、一冊の本を手にする。

しかしそれは本ではなく、本に見せかけた箱だった。メルヴィンはそこから何かを取り出し、箱を本棚へ差し込んでからサラに向き直る。つかつかと歩いてきたメルヴィンは、サラの前、執務机に腰をかけるようにして、丸められた紙を差し出した。

麻ひもで括られたそれと、メルヴィンを交互に見てサラは呆けたように言う。

「……よろしいのですか？」

「ああ」

「ほ、本当に？」

「ああ。問題ない」

信じられないといった様子のサラに、メルヴィンは片眉を上げた。

「もしかして、兄上に怒られるとでも思っているのか？　だとしたら安心しろ。今では紙切れ同然だ。俺も、おまえも怒られることはない。俺が許可する。それに、これを読むことで俺を信じてくれるのなら安いものだ」

穏やかに微笑むメルヴィンを見て、複雑な気持ちになる。

大事な遺言書をサラのためにと渡してくれた。その事実が、サラの胸を締め付け、良心を痛ませる。しかし、それを無視してでも、サラにはやらなければならないことがあった。

――だが。

「……」

サラは手を伸ばし、差し出された遺言書ではなく、彼の腰に腕を回した。

「……ありがとうございます、メルヴィンさま」

「どう……いたしまして」

驚いているのか、呆けているのか。

少し戸惑うような声が降ってきた。サラは腕を緩め、ゆっくりとメルヴィンに顔を近づけていった。

「どうし――ッ」

メルヴィンの声を遮るようにして、唇を押し付ける。

やわらかな感触が伝わり、胸に甘い気持ちが広がった。一度触れたら離れがたく、もっと欲しいと心が疼く。サラはかすかに顔を傾け、くちづけを深くした。

なぜだろう。――泣きたくなる。

衝動のままにしたくちづけを、終わらせることができない。まだこうしていたいと思う反面、これ以上したら離れられなくなりそうで、サラはメルヴィンの胸を押して、自分を引き剝がすようにして離れた。

目の前には、呆けるメルヴィンがいて。

愛しさが、胸を占めていく。

名残惜しい気持ちを振り切るようにしてメルヴィンから視線を逸らし、彼の手元を見た。そこにあったはずの遺言書はなく、床に落ちている。サラはしゃがみ、遺言書を拾い上げると、呆けるメルヴィンに向き直った。

「では、私はこれで」

唇に残ったぬくもりをそのままに、笑みを浮かべる。

しかし。

「……ッ」

行かせない、と言うように、彼の手がサラの腰を引き寄せた。一瞬にして腕の中に閉じ込められてしまい、目を瞬かせる。すぐに抱きしめる腕の力が緩んだと思ったら、彼はサラの頤を摑んで上向かせた。

「メルヴィンさ——んぅ」

サラの戸惑いを遮るようにしてメルヴィンは口を塞いでくる。突然のことに目を白黒させるサラなどお構いなしに、彼は攻め立てるように、それでいてどこか性急に、サラの唇を貪った。

「んぅ、ん、んむッ、……ん、ぁふ、んんッ」

角度を変え、もっともっとと唇を求めながら、メルヴィンはサラを抱き上げ、身体を反転させる。激しさが過ぎ去ったときには、執務机に座らされていた。

唇からとろけてしまいそうな感覚になったところで唇が離れ、額を付け合わされる。目の前にいる彼は、睫毛を伏せていた。そして、サラを閉じ込めるようにして執務机に手を置く。

これではまるで、檻のようだ。

「……メルヴィンさま？　どう、んぅ、ん、んむ」

問いかけるのでさえも、許してもらえないのだろうか。

サラの唇を食むようについばみ、角度を変えてくちづけを二度、三度と重ねられた。くちづけを終えたあとの、彼の吐息が、かすかに震えているのが気になった。

「どうもしない。ただ」

どこか苦しげに吐き出すような声に、胸が締め付けられる。

「この部屋から、サラを出してはいけない気がした」

続けられた内容に心の中を覗かれた気がして、心臓が止まるかと思った。ここで動揺を表情に出そうものなら察しのいい彼のことだ、何かあると思って、どんな手を使ってもこの部屋から出してはくれないだろう。そうなったら最後だ。そう胸中で構えていたのだが、その心配も唇を塞がれたことで、杞憂に終わる。

「ん……ッ」

メルヴィンの手が背中に回り、くちづけを深くしてきた。

「ん、んぅ……、んんッ」

与えられるくちづけは激しく、サラの唇を貪ってくる。表情を見られないのはありがたいが、呼吸もできないほどのくちづけは初めてだ。苦しくなってきたところで唇が離れると、息継ぎをしたくて口が開く。その隙を、つかれてしまった。

「……ッ!?」

ぬるりとした感触とともに、口の中に舌が差し込まれる。

「んんぅ、んッ」

それは、戸惑うサラの舌に絡みついてきた。

口の中がいっぱいになる。触れ合うところが甘く痺れ、腰骨のあたりが疼いた。一瞬にして、彼の舌はサラの余計な力を奪った。自分の身体だというのに、彼の愛撫に反応して勝手に動く。まるで、メルヴィンのものにでもなっていくようだった。

それが、たまらなく嬉しいのだからどうしようもない。

染まっていく。

ただ彼のすべてに堕ちていく感覚の中で、サラの思考は甘く溶けていった。メルヴィンの唇や舌、手、指の感触でいっぱいになっていき、眦に涙がたまる。それは想いなのか、幸せなのかはわからないが、くちづけが終わったところで涙は頬を伝った。

「……メルヴィン……さ、ま」

口が痺れて、うまく動かない。

メルヴィンはサラの頬を覆い、目元を親指の腹でそっと撫でた。そして、今度は首筋にくちづけてくる。

「んッ……、ぁ」

火照った肌に押し付けられる唇が熱い。ぞくぞくとした感覚に身体が跳ねると、なんとなく違和感が浮かんだ。締め付けられる感覚がないというか、動きやすいというか。愛撫の合間に、サラがそんなことを考えていると、胸の先端に刺激が走る。

「ふ、ぁあッ」

何事かと胸元を見たら、メルヴィンが胸の間を舌で舐め上げ、薄布を押し上げるつんと尖った胸の先端をつまんでいた。そこにあったはずのドレスは腰にたまり、コルセットも取り払われている。上半身が、薄布のアンダードレスだけになっていた。

これはこれで、まずい。

「メルヴィンさま……!?」

驚きの声を上げるサラに、胸の間に顔を埋めていた彼がゆっくりと視線を上げる。

「どうした?」

「どうしたもこうしたも……ッ」

これでは、部屋の外を歩けない。

サラひとりでは、ドレスを着ることができないのだ。いつもならベルが手伝ってくれるのだが、そのベルはここにいない。それに気づいて息を呑むサラに、メルヴィンが射抜くような視線を向けた。

「何か、不都合でも?」

ここで何か反応しようものなら、彼に疑念を与えてしまう。一瞬にしてそう理解したサラは、極力動揺を表情に出さないよう、小さく息を吐いた。

「……いいえ。でも、これでは部屋に」

「戻らなくていい」

「え?」

「サラを、この部屋から出す気はない」

言いながら、メルヴィンはアンダードレスの胸元を引き下ろす。ふたつのやわらかなふくらみがあらわになり、メルヴィンがそこへ吸い付いた。ちゅ、という音とともに、彼の唇で肌に熱が灯る。

「んッ」

サラの胸を堪能するように、それでいて肌の質感や重さを確認するような手つきで、メルヴィンは両方の胸を揉み上げる。つんと勃ち上がった胸の先端をつまみ、指の腹でくりくりと転がされたら、背中が自然とのけぞった。

「んぁッ、あッ」

胸の先端から身体中に甘い痺れが走り、何度も肩が揺れる。

「ぁ、あッ、ん、んぅッ」

彼の愛撫に応えるようにして声が出た。甘い、誘うような声が。

「……ッ」

胸元にくちづけていた彼の唇は、少しずつゆっくりと、確実にそこへ近づいてくる。その様子をドキドキしながら見つめていたサラに、ちらりとメルヴィンの視線が向けられた。彼は、泣きそうな顔でゆるく首を振るサラを見て意地悪く笑い、口を開く。瑠璃色の瞳をサラに向けたまま、愛おしそうにそれを食んだ。

つんと尖って、色づいた先端を。

「ぁあッ」

絡みつく舌が、口の中でサラの乳首を吸い上げる。

じゅる、という音とともに、甘い痺れが腰骨と腹部のあたりを疼かせた。

「やぁ、あ、ぁあッ、ん、だめ、あ、んッ、気持ち、いい……ッから」

なら、いいではないか。

そう言うように、メルヴィンは口の中でサラの乳首をなぶった。舌先で何度も転がし、上下に揺らし、絡みついては強く吸い上げる。

「ぁああッ、あッ」

そのたびに、サラははしたない声を上げ、背中を丸めて彼の頭をかき抱いた。髪に指を差し込み、彼の頭を固定する。もっとしてほしいと、身体は素直に快楽へしがみついた。

「ぁ、あッ、やぁ、それ……ッ」

「ん？　これ？」

じゅるる、と強く吸い上げられ、つま先まで震えた。

「んッ、あッ、あッ」

メルヴィンの口の中で好きなだけ弄ばれる。頭の奥がおかしくなりそうなほど気持ちよくて、執務室にはサラのいやらしい声と、愛撫する水音だけが響いていた。

恥ずかしい、でも気持ちいい。

調整のつかない感情が、快楽に支配されていくのがわかる。このまま、快楽に溺れてしまったら、どれだけ楽だろう。求めてくれる彼に応えられるのなら、どれだけ幸せだろう。

「……サラ、もっと声聞かせて」

「んぁ、ぁあッ」

メルヴィンに名前を呼ばれ、胸が苦しいほど締め付けられる。

その間も、彼の手は縋るようにサラへ触れた。サラとて、メルヴィンのそばから離れたくない。このまま、ここで満足するまで彼のそばにいたかった。

だが、それは叶わない。

それを、サラは痛いほどよく知っている。

「……ッあ、だ、だめ、噛んじゃ……ッ」

乳首に軽く歯を立てられ、目の前がチカチカした。瑠璃色の瞳が、どこか不機嫌に、それでいて意地悪をするように細められる。

「俺に好き勝手されているのに違うことを考えるとは、随分余裕だな。それとも、もう慣れたのか？」

「え？」

「この程度では、感じないと？」

「そ、そんなこ――んぅ」

近づいてきたメルヴィンに口を塞がれ、舌が差し込まれる。一瞬にして舌を搦め捕られてしまった。じゅるじゅると扱くように吸い上げられ、力が抜ける。しかし、それだけでは許さないと言わんばかりに、メルヴィンの指先はサラの胸の先端をいじった。

かわいがるようにして、指先を小刻みに揺らされる。

「んんぅ、ん、んんーッ」

くちづけされながら胸の先端をいじられてしまい、頭の中が白く染まっていく。口の中をまさぐる彼の舌は、確実にサラの気持ちいいところを刺激した。触れ合うところから甘さがにじみ、溶けていきそうな感覚に陥る。ちゅる、と舌先を吸われるのと、乳首を軽く引っ張られたのは、ほぼ同時だった。

「んんんぅッ」

目の前が軽く弾けて、身体がひくつく。

「んぅ、ん、……ぁ、メルヴィンさま、も、ん、あッ」

「そうだ、俺のことだけ考えていろ」

くちづけをやめ、メルヴィンが耳元で甘く囁いた。

その直後、首筋を吸われ、胸の先端をいじる彼の指先が速くなる。

「ぁ、ああッ、あ、やぁあッ、あ、あッ」

ぞくぞくとする感覚が腰骨のあたりから這い上がり、お腹の奥を熱くさせた。だめだ。

もう、だめ。頭の奥で、理性が叫ぶ。何がどうなのかわからないが、何かがきていた。

背後から這い寄ってくる何かから逃げるように首を横に振るのだが、彼の愛撫が気持ちよくてたまらない。

「やぁあ、あ、あッ……、メルヴィンさま、も……ッ」

助けを求めるようにすがりつく。肌に吸い付いていた彼は顔を上げ、再び耳元で囁いた。

「いい声で啼けよ?」

身体にまとわりつくような甘い声に、一瞬で肌がざわつく。大きく身体をしならせたサラの唇に彼が吸い付き、きゅ、と乳首を強くつままれたら、もうだめだった。

「ん、ぁ……、あ、ぁああッ――」

目の前が弾け、その拍子にサラが喉を反らせたことで唇が離れる。

自分ではどうすることもできない感覚に、サラの小さな身体は大きく何度も震えた。必死でメルヴィンにしがみつくと、彼はサラの震えがおさまるまで抱きしめてくれた。

「……メルヴィンさま……、私」

「かわいかった」

まだ小刻みに震えるサラの身体を抱く腕に力をこめ、彼の優しい声が降ってくる。

「かわいかったよ、サラ」

その甘い声に、心臓が大きく高鳴った。

「……あ、あんまり褒めないでください」

「どうして」

「はしたないことなのに……、そうではないのだと、勘違いしてしまいます」

「構わない」

メルヴィンの声で顔を上げると、彼は嬉しそうに微笑んだ。

「はしたないサラを見せてくれるのは、俺の前でだけなんだろう？」

他の人とあんなことをするなんて、想像できない。それに、触れられたくもなかった。

「……メルヴィンさまじゃなきゃ、嫌です」

素直に答えるサラに、メルヴィンは褒めるようにくちづける。

「なら、問題ない。かわいいサラは、俺だけのものだ」

しかし、彼はそうではない。

それを、サラは知っている。

「……サラ？」

彼のシャツを握りしめる手に力を込めたサラは、なんでもないというように微笑んだ。

「お水、飲みますか？」

「……ああ」

サラは泣きたくなる気持ちを切り替えるようにして、メルヴィンから離れた。執務机にある水の入ったグラスを手にして一気に呷ると、不思議な顔をしているメルヴィンの両頰を挟んで、唇を近づける。

「サラ――ッん」

少しずつ、口に含んだ水を彼の口の中に流し込んでいく。喉を動かし、メルヴィンは注ぎ込まれた水を飲んでいった。サラが唇を離すと、彼の口の端から水が滴る。それを指先で拭い、舐め取った。

「……サラ？」

珍しく戸惑った様子を見せるメルヴィンに、サラは苦笑する。

「何か、おかしいですか？」

「いや、そう……では、なくて」

メルヴィンが額を押さえ、サラに寄りかかってきた。

「……メルヴィンさま……？」

「すまない。……ちょっと、立ちくらみが……」

「それはいけません。ソファへまいりましょう」

サラが執務机から下りると、腰にたまっていたドレスが落ちる。アンダードレス姿になったサラは、よろけるメルヴィンを支えるようにして、ソファまでやってきた。

彼をソファへ座らせ、自身は彼の前にしゃがみこむ。

「ねえ、メルヴィンさま?」

「ん?」

「少しは……、私のことを、好きになってくれましたか……?」

「……サラ、何を言って……」

ふら、と頭が揺れるメルヴィンを、サラは立ち上がって抱きしめる。

「……なんでもありません」

その心が、どこにあろうとも、自分の気持ちは変わらないのだから。

「サラ、俺は……」

「いいんです」

宝物を抱きしめるようにして腕の力を強くすると、彼が身体を寄りかからせてきた。ぐ、と腕の中にかかった重みを感じ、サラはゆっくりとメルヴィンをソファへ寝かせる。寝息を立てる彼を見つめ、その頬を撫でた。

「私が、メルヴィンさまを愛していれば、それで」

それでいい。

サラは、最後にメルヴィンの唇に己のそれを重ね、ゆっくりと離れる。そして、振り切るようにして立ち上がった。

「……ッ」

しかし、足元がふらつき、床へへたり込んでしまう。

――口に含んだだけだったのに、薬が……ッ。

水に入っていた薬が地味に効いている。サラは床に這いつくばって移動し、落ちていた遺言書を手にして胸に抱いた。

「……」

大事な遺言書を、サラのためにと渡してくれた。その事実がサラの胸を締め付け、良心を痛ませる。しかし、それを無視してでも、サラにはやらなければならないことがあった。

――……早く、これを持って……ベルのところへ……。

そう思うのだが、今にも意識が持っていかれそうになる。

サラは猛烈な眠気を振り払うようにして首を横に振り、執務机に手をかけてどうにかして立ち上がった。が、眠気はとれない。このままでは眠ってしまう。そう思ったサラの視界に、ペーパーナイフが入った。

咄嗟にそれを手にしたサラは、アンダードレスの裾を口で咥え、ペーパーナイフを両手で持ち、あらわになった足へと力任せに振り下ろした。

「んぅ……ッ」

その衝撃で、近くにあった空の水差しが床に落ちたのだろう。割れた音が執務室に響き、思考を覆っていた眠気が痛みによって晴れていく。

サラの目の前には、太ももに切っ先が食い込むペーパーナイフがあった。そこから血がにじみ出ている。痛い。でも、この痛みがなければ眠ってしまう。

これでいい、これで。

痛みを堪えて大きく息を吐くと、咥えていたアンダードレスの裾が落ちる。サラは一度深呼吸をして、ペーパーナイフを太ももから引き抜き、床へ放った。あまりの痛みに声を上げそうになったが、奥歯を噛みしめることでどうにか堪える。

「……大丈夫、大丈夫」

サラは机に放り出していた遺言書を手にして、足を引きずりながら執務室を出た。

時間が幸いしたのか、それとも声が聞こえるたびに身を隠したのがよかったのか、奇跡的に廊下で誰ともすれ違わなかった。それを幸運にも、疑問にも思うことがない程度には、眠気と痛みで意識が朦朧としていた。

指定された場所へ行く。——その目的のために、ただ足を動かしていた。

とにかく、必死だった。

だから、指定された場所へ辿り着いてからのことは、あまり覚えていない。

第五章　辿り着いた真相

痛い。

断続的に続く鈍い痛みで、サラは目を覚ました。狭い箱の中、ガタガタと揺れる振動に馬の蹄の音。そしてその手にしっかりと握られているのは、遺言書だ。

少しずつ意識がはっきりしてきたサラは、ゆっくりと上半身を起こした。

——……私、間に合ったのね。

指定された場所へ辿り着いたときには、鐘が鳴り響いていた。間に合わなかったと思ったが、待っていた御者が馬車へ乗せてくれたのかもしれない。自分から馬車に乗った記憶がなかっただけに安堵した。

少し眠ったおかげか、多少眠気もとれている。——が。

「……ッ」

意識がはっきりしたことで、痛みの感覚が大きくなった。

サラはアンダードレスの裾を上げて傷口を見る。眠気で力が入らなかったのか、サラの力が弱かったのかはわからないが、傷はそこまで深くない。ほっとしたのも束の間、じんじんと痛む傷口は、熱を持って疼いていた。

このままでは、いけない。

サラは一度遺言書をそばに置き、アンダードレスの裾を破って、それを傷口にきつく巻きつけた。早くちゃんとした手当をしたほうがいいとわかってはいても、状況がそれを許さなかった。とにかく何か羽織るものをと思い、見回した車内で外套を見つける。

それを羽織ると、ずっと馬車内に置きっぱなしになっていたのか、少しかび臭かった。

――……さっきまで、メルヴィンさまの匂いしかしなかったのに……。

泣きたくなる気持ちを堪えるように、サラはそっと自分の両腕を抱く。しかし、自分で決めたことだ。サラは気持ちを切り替えるように深く息を吐き出した。

そこで馬車が停まる。

どこに連れてこられたのかわからないが、サラは傍らの遺言書を胸に抱く。緊張をまとうサラの耳に、やがてドアの開く音が届いた。

「出ろ」

野太い声が聞こえ、サラが開かれたドアを見ると大男が立っている。薄暗さも手伝ってか、顔はよく見えない。息を呑むサラに、大男は眉根を寄せ、顔を近づけてきた。

あまりの恐怖で、身体が強張った。

「ん？　おまえさん……」

そう言って何かを考える素振りをする大男だったが、興味を失くしたのかすぐに離れていく。不思議に思うサラだったが、御者の「早く出ろ」という言葉に従い、馬車を降りた。

その際、足に痛みが走って思わず声が漏れる。

「どうした」

怪訝そうな御者の声に「大丈夫」だと返事をするよりも早く、大男がしゃがみこみ、ナイトドレスの裾を無遠慮に上げた。それがあまりにも突然で、理解が追いつく前に、サラは大男に抱き上げられてしまった。

「おい、何勝手なこと……！」

「この嬢ちゃん、怪我してる」

「怪我ぐらいなんともないだろう」

「怪我を見たが、運が悪いと死ぬぞ」

即答した大男の声に、御者が一瞬押し黙る。

「薬は中だ」

畳み掛けるように言う大男に、御者は大きく息を吐いた。

「あまり時間をかけるなよ」

御者が歩き出すと、大男もその後ろをついて歩く。

人ひとり歩ける程度の道を進んでいくと、目が慣れてきたのか目の前に大きな館が見えてきた。裏口のようなドアを開けて中に入る御者に続き、サラを抱いた大男も中に入る。

――……甘い匂い……。

鼻先をかすめるそれは、一瞬花の香りがして、しだいに甘ったるく身体にまとわりついてくる。そこでようやく、この匂いが生花ではなく香水のものだと気づいた。かすかに女性の声も聞こえてくる。

こんなところに、バートがいるのだろうか。

そもそも、アイアネス家に長い間仕えていたバートが、なぜこんなことをするのだろう。手紙を受け取ったときは疑問にも思わなかったことが、今になって気になり始める。連れ去られたベルを助けるべくここまで来たが、そこに誰がどのように関わっているのかがまったくわからなかった。もしかしたら、十八歳の自分はとんでもないことに巻き込まれているのではないだろうかという不安が、頭をもたげる。

それでも、この選択に悔いはない。ベルの命がかかっているのだから。

自然と、遺言書を握る手に力がこもった。

「少しここで待っててくれ」

気づくと、火の灯った燭台が数本ある、小さな部屋にいた。

ドアは開いたままで、その入り口には見張りをするように御者がいる。大男はサラをベッドに下ろすと、すぐにまた立ち上がった。

「手当しやすいよう、裾を上げておいてくれるか」

そう言って薄闇の中、俊敏に動く大男を横目に、サラはアンダードレスの裾を上げて怪我をしたところを晒す。再びサラの前で跪いた大男は、てきぱきとサラの足の手当をしてくれた。薄暗くて顔はよく見えなかったが、彼の手つきはとても優しかった。

「……さっきは、嘘をついてすまなかった」

手当をしながら、御者に聞こえないよう大男は声を潜める。

「これぐらいの傷じゃ死んだりしない。傷も深くないから、応急処置で大丈夫だろう。だが、ちゃんと誰かに診てもらったほうがいい」

大男はサラに声を出す暇を与えず、口早に言った。

「よし、これで終わりだ」

「ありがとうございます」

立ち上がった大男がサラをベッドから立たせる。せめて顔を見てお礼を言いたいと思ったのだが、彼に背中を押されて部屋から出されてしまった。振り返ろうにも、手当の間ずっと待っていた御者に、力任せに腕を摑まれる。

「さっさとこっちにこい」

気が立っているのか、御者はサラを引きずるようにして歩き、小さなドアを開けた。

そこは、狭い通路だった。前を歩く御者の背中ではっきりとは見えないが、ランタンのような灯りがあるのだろう。彼の前はぼんやり明るい。さらにそこから螺旋状の階段を下りていく。まるで、闇に呑み込まれるような感覚だ。

恐怖と不安が全身を覆う。

震える指先をそのままに、サラは地下へと下りた。

簡素なドアが開かれ、視界を遮る御者が先に入り、サラを荷物のように放った。

足に痛みを感じてよろけたサラは、そのまま転ぶ。

ゆっくり起き上がると、それなりに広い部屋の中にいた。奥には天蓋付きのベッド、毛足の長い絨毯の上には猫脚のソファが置かれている。これだけ見ると普通のように見えるが、部屋が広すぎる。違和感というか、不自然というか、すっきりしない感情を抱えたサラが室内を見回し、息を呑んだ。

灯りが増えたことで浮かび上がってきたのは、壁に磔にされたベルの姿だった。壁から出ている鎖の先、手枷を手首に付けられ、ぐったりしている。

「ベル……ッ！」

立ち上がったサラは慌てて彼女のそばへ駆け寄り、ベルの顔を覗き込んだ。

「ベル……、ベルッ！」

頰を覆って名前を呼ぶと、ベルが意識を取り戻したのか顔を上げる。

「ああ、ベル……ッ！」

今にも泣きそうになっているサラに、ベルは弱々しく微笑んだ。そして「大丈夫」だと口を動かす。水を飲ませてもらえていないのか、声までは聞こえなかった。たまらず、ベルを抱きしめる。

「来るのが遅くなってごめんなさい。……ごめんなさい」

謝りながら、今ここで泣くのは自分ではないと涙を必死に堪え、サラはベルの頭を撫でた。両手に手枷をはめられたベルを支えながら、手首を見る。今まで、そこに全体重がかかっていたのだろう、皮が剝けて赤くなっている痛ましさに胸が痛んだ。

早く、手枷から解放しなければ。

「……ベル、ごめんね。もうちょっと、もう少しだけがんばって」

耳元で囁くサラに、ベルがかすかに頷いた。

サラは申し訳ない気持ちでゆっくりと彼女から離れ、鍵を渡してもらおうと振り返る。

そこに、サラをここへ連れてきた御者と見知らぬ初老の男が立っていた。

「………あなたが、ベルをこんなにしたんですか……」

「だったら、どうだというのかね？」

　初老の男は、鼻で笑う。

「どうして……、こんなことを」

「どうして？　どうしても何も、時間があったからだよ」

「……時間があったから？」

「ああ。おまえを待つ間、私はとても暇でね。退屈していたんだ」

　腹の底が、一瞬にして熱くなった。

　そして、奥歯を嚙みしめるサラに、男は口の端を上げて続ける。

「ただの暇つぶしだ」

　笑いながら言い放った男に、煮えたぎるような怒りを覚える。胸をかきむしりたくなるほどの怒りが、言葉にできない怒りが、サラの身体を占めた。飢えた獣のように息を吐くサラを前にして、男は手を出す。

「ここまで待ってやったんだ。さっさと、言われたものを寄越せ」

　その不遜な態度に、サラは怒りで身体が震える。しかし、ここで感情をあらわにしても意味がない。冷静になろうと深く息を吐き出した。

「……その前に、手枷の鍵を」

「遺言書が先だ」

「いいえ。ベルを自由にするのが先です」

頑としてきくつもりはないというサラの態度が伝わったのだろうか、男は小さく息を吐き、手を上げる。控えている御者が、フードを取って近づいてきた。その顔は、昼間サラの前に現れ、ベルをさらった男のものだった。息を呑むサラをちらりと見て、男は鍵を掲げる。

「ご安心を。ただの鍵ですよ」

そう言ってベルの手枷を、右、左の順に外していく。ベルの身体を抱きしめるサラに、手枷が外された彼女の体重が一気にかかる。さすがに支えきれなくて、サラはベルともども床に座り込んだ。

「約束は守ってやった。そいつに遺言書を渡せ」

初老の男に言われ、サラは胸元に入れていた遺言書を男に手渡した。

「……ベル、ベル。大丈夫？」

声をかけるサラに、ベルはゆっくりと顔を上げ、ゆるゆると首を横に振った。いけない、と。何かを伝えるように。

「何、……どうしたの？」

「……サラ……、さま」

振り絞るようなベルの声は、かすれていた。

「あの方、は……危険、です」

だが、何が危険なのかを話す前に、

「なんだこれは!!」

怒声が響く。

驚いて初老の男へ顔を向けた直後、彼は足早に近づいてきた。呆けるサラを冷めた瞳で見下ろした男は、次の瞬間目の前から消えていた。

「サラさま……ッ!!」

ベルの声が室内に響き、サラの視界は傾いている。いつの間に倒れたのだろう。突然のことで一瞬何が起きたのかわからなかったが、サラは初老の男に顔を叩かれたようだ。頬がじんじんと痛みを訴え、熱くなる。あまりの速さに、飛んできた手が見えなかった。

頭がぼんやりして、視界が揺らぐ。馬車に乗っていないのに揺られているようだ。気分も悪くなる中、初老の男はサラを庇おうと立ちはだかったベルを足蹴にした。

「この私を謀りおって……ッ！」

怒りをあらわにした彼は、床に倒れているサラの胸元を摑み、力任せに引き上げる。

その拍子に外套の合わせ目が開き、薄汚れたアンダードレスが覗いた。それを見た初老の男は、口の端を上げ、下卑た笑みを浮かべる。

「まるで娼婦だな」

その瞳が、蔑むようにサラを見下ろした。

「肌につけられた痕は、殿下のものか。……なるほど、身体を使って遺言書を渡してもらったというわけだな……、おまえにしてはいい判断だ。褒めてやる。だがな、私を謀ろうなどと思うな」

初老の男は、サラを怒りに任せて床に叩きつけた。

頭を打ち、またまいのような感覚になる。それでも、サラは両腕で上半身を支えるようにして、起き上がった。

「……どう、いう」

「どうもこうも、この遺言書は偽物だ。私の欲しいものではない」

興味を失くした様子で、初老の男はサラに叩きつけるようにして遺言書を投げつけた。

それはサラの腹部にとどまり、すっかりひしゃげている。

「……で、でも、印章は確かに国王陛下の……」

「ああそうだ。印章は本物だ。しかし、内容が違う」

初老の男はしゃがみこみ、サラと視線を合わせた。

「おまえは、メルヴィン殿下に信用されていなかったんだよ」

ふ、と馬鹿にするような笑みを浮かべ、彼は言った。

「こんなことなら、腹心の部下を裏切らせるほうがよっぽど確実だった。ああ、おまえが悪いわけではない。おまえが殿下に信用されていないことを見抜けなかった、私のミスだ。

まあでも、遺言書はとりあえずいい。本命は別だからな」

「……本命……？」

「それは、おまえがよく知っているだろう？」

嬉しそうに、それでいて楽しげに話す男を見つめ、サラははっとする。もしかして、と脳裏に浮かんだのは——、

「薬……？」

家令からの手紙とともに入っていた薬の存在だった。

つぶやいたサラに、男はいっそう口の端を上げて、ニタリと笑む。

「正解」

表情は不自然なぐらい笑顔なのに、その声があまりにも冷静すぎるせいで恐怖を煽る。背筋がぞっとする感覚と、得体のしれない何かに出会ってしまった恐怖が合わさって、言葉にできない感情に包まれた。

「あの薬は、毒だよ」

「……」

「メルヴィンはね、私を職務から引きずり下ろし、あまつさえ王城から追放したんだ。制裁されて当然のことをしたのだから、殺されてもおかしくない。愛する女に殺されたとなれば、本望だろうよ」

「……じゃあ、あなたは……最初から……」

「ああ、メルヴィンを殺すために計画した。遺言書は、前国王の意向を知りたくて欲しがっただけだ。そこにはきっと、役職についた人間をみだりに変えるようなことをしてはならない、と書かれているはずだからね。それを持って王城へ行けば、私はまた宰相に返り咲ける」

立ち上がり、自分に酔った様子で身振り手振りで大仰に語る初老の男を見ながら、サラは思わず笑ってしまった。

「…………何が、おかしい？」

彼が楽しんでいるところに水を差したサラに、静かな怒りが向けられる。

「申し訳ございません。つい」

「……つい、で人が楽しんでいるのを邪魔できるとは……、なかなかの大物だね」

「いえ、そんな」

「謙遜することはない。……ただ、少し引っかかるから笑った理由を言ってごらん」

「……」

「言いなさい」

それでも答えないサラに、彼は笑顔で首を傾げ、その手を再び伸ばしてきた。それは一瞬にしてサラの髪を摑み上げる。堪えようのない痛みに、サラはうめき声を上げた。

「言え、小娘」

サラの態度に相当苛ついているのだろう。初老の男は腰を曲げ、顔を近づけ、腹の奥底からの低い声で畳み掛けてくる。髪の毛が抜ける音がする中、痛みで顔を歪ませながらも、サラは口を開けた。

「ベル、逃げて」

視界の端で震えるベルが目を瞠る。

「いいから、逃げなさい……ッ！」

しっかりとした口調で叫ぶように言い、その視線は初老の男から逸らさずはっきりと見据える。負けない。負けてなるものか。その気持ちだけで、サラは今ここにいた。

「早く!!」

再度叫んだサラの声で、ベルも立ち上がった。男が口を開け、指示を出そうとしたところで、出入り口のドアがけたたましく開けられる。

「ウェザーさま、騎士団です！　ここにくるのも時間の問題かと……ッ！」

慌てた様子で言ったのは、あの大男だ。それを聞き、サラは騎士団が来てくれたと安堵する。ウェザーと呼ばれた男は、怒りの眼差しをサラに向けた。

「そっちの女を逃がすな！」

叫ぶウェザーの指示よりも先に、従者はベルを追って走る。そしてサラを睨みつけるウェザーは、彼女の髪を放し、その細い首に両手で摑みかかった。

「あ、がッ」

少しずつ指先に力を入れられ、喉が絞まっていく。呼吸が、できなくなる。

しかしそれでも、サラの瞳に絶望はなかった。苦しさに顔を歪めながらも、サラはそれでもなおウェザーの手を引っ搔き、抗う。男の力に勝てるわけがないとわかっていても、諦めなかった。それが気に入らなかったのだろう、首を絞める手にさらに力がこもった。

「忌々しい……ッ！　どうしておまえらは、いつも私の邪魔をする……！」

肌に指が食い込んでくるほどの力に、サラは目を見開く。目の前にあるウェザーの瞳は怒りに燃え、薄ら笑いを浮かべていた。その顔が、遠くなる意識とともに霞んでいく。だめだとわかっていても、呼吸ができない苦しさから解放されたい欲求が浮かんだ。

しかし。

「アーサーもそうだった」

その名前を聞いたら、諦めかけていた気持ちが息を吹き返した。

「私が考えた王位簒奪の計画は完璧だった。それを、それをあいつは……！　身代わりに死ぬことで、私の計画を台なしにした！　だから今回は娘であるおまえに、その責任を取らせようとしたというのに……ッ。ああ、それが間違っていた。親が親なら、子も子だ！　この、役立たずめ！　こうなったら、おまえを殺すまでだ……ッ！」

狂喜に歪んだ表情で殺意を向けてくるウェザーを見つめ、サラの眦から涙が溢れ出る。

こんなところで、父の死の真相がわかるとは思いもよらなかった。

今、目の前に、父が死んだ原因であり、元凶がいる。

だからといって心は動かない。彼を恨むとか、憎むとか、そんな感情よりも何よりも、父が誇らしかった事実で胸がいっぱいになった。まるで、父に「諦めるな」とでも言われているような気分だ。

——お父……さま……。

だから、余計にこの男に屈するのは嫌だった。

サラは最後の力を振り絞り、ウェザーの手に爪を食い込ませた。

そこで突然灯りが消える。——一瞬にして部屋が闇に呑み込まれた。それにはさすがのウェザーも動揺したのか、首を絞める手から力が抜ける。これを好機としたサラは、渾身の力でウェザーのいるところを蹴った。

「うッ」

どこを蹴ったのかはわからないが、渾身の蹴りが効いたのだろう。手から完全に力が抜けた。首が解放されたことによって、大量の酸素が入ってくる。盛大に咳き込むサラの耳に、たくさんの足音とウェザーの声、誰が誰だかわからない声が入り交じり、部屋の中は混沌とした。

──ベルは、ベルは、どこ……？

名前を呼ぼうにも、うまく声が出ない。「誰か火をつけろ」「ここからひとりも外へ出すな」「どこ行った……！」などと、ウェザーの声に混ざって騎士たちの声が響く。まだ近くにウェザーがいる。サラは床を這いつくばるようにして、壁際へ身体を寄せた。一刻も早くウェザーから離れたかったが、今ベルを呼んだら居場所が知られてしまう。下手に動いても、騎士たちの邪魔になると思い、暗闇の中息を潜めた。

サラが膝を抱えると、腹部に違和感を覚える。

──……何かしら。

気になったサラは、外套と自分の腹部の間に手を差し込んだ。指先に紙の感触がして、それを手にした直後、名前を呼ばれる。

「サラ……、サラ」

聞き慣れた声にサラが顔を上げると、壁の中からノックの音が聞こえた。サラは応えるようにして、壁を叩く。すると、しばらくして足を掴まれた。

「ひッ」

「しぃー。大丈夫だから、この手を取って」

なにがなんだかわからなかったが、言われたとおりに自分の足を掴む暗闇の人物の手を掴む。その手はサラの手を取ると、誘導するように壁の中へと導いてくれた。

そこは、人ひとりが歩けるほどの空間があり、狭かったが、歩く分には問題なかった。あとはもう、闇の中で手を引いてくれる人物にすべてを委ねることしかできない。しばらく小走りで暗闇の中を走っていると、前にいる人物がドアを開けた。

開いていくドアから差し込まれる月の光。

息の詰まるような地下から、外へ出られた開放感が身体を包む。

胸いっぱいに新鮮な空気を吸い込み、サラは助けてくれた人物の背に語りかける。

「助けてくれて、ありがとうございます」

彼は、ゆっくりと振り返り、サラを見た。

懐かしい気持ちになりながら、彼の名を呼ぶ。

「エルド叔父さま」

最後に見た彼の髪は、まだ色があったはずだが、何があったのか白く染まっている。

それを見て、やはり今自分が生きている世界は違うのだと実感した。ついこの間別れたばかりの叔父が、すっかり年老いている姿に驚く。

彼は泣きそうな顔でサラを抱きしめてきた。

「ああ、サラ……ッ。よくぞ無事でいてくれた！」

サラの安否を心配していたのだろう、安堵の声が聞こえる。サラもまた、もう二度と会えないと思っていた身内との再会に心を震わせた。

少しして身体を離したエルドは、サラの頬を優しく撫でる。

「怪我はないかい?」

「はい。自分でつけたもの以外は、ありません」

「自分で……?」

「……その、ここへくるのに必要で……。あ、でも大丈夫です。応急処置をしてもらったので……」

「いいから見せてごらん」

その場で膝をついたエルドの前で、サラは外套ともどもナイトドレスの裾を太もものあたりまで上げる。エルドは、その足を膝をついた己の太ももに乗せ、縛った布を解いた。

「……あの、叔父さまはいつ、お帰りに……?」

「ああ、私は……、そう、だな。実はつい最近なんだ……」

「そうだったんですか……」

「ああ、これはひどい。……しかし、傷口は深くないようだ。痛ましい傷ではあるが、血も止まっているし、これならちゃんと手当をしたら、すぐによくなる。うんうん、これぐらいなら安心だ」

安心、とはどういうことだろう。

なんとなく、違和感を覚える。かすかに首を傾げるサラの下では、エルドが縛っていた布を丁寧に巻き直していた。それを見下ろしながら、サラはエルドに会ったら言わなければいけないことを思い出す。

「あの、私叔父さまに謝らなければいけないことが……」

「なんだい？」

「……その、二年前……、旅へ出られるときに頼まれたことなんですけど、私」

「ああ、おつかいのことなら、気にすることはない」

エルドは、呆けるサラを見上げて微笑む。

「できたよ」

「あ、ありがとうございます」

エルドは、サラの怪我したほうの足を自分の腿から下ろして立ち上がった。

「安心していい。その役目は今果たしてもらう」

そう言って、サラの手首を掴んで歩き出した。

「あ、あの、叔父さま⁉」

戸惑うサラをそのままに、庭園の狭い石畳の道を進んでいく。彼の向かう先には、小屋のようなものが、木や周囲の植物に隠されるようにして建っていた。かすかに灯りが見えるから、中に誰かいるのだろう。

「……」

なんとなく、嫌な予感がした。

サラは、冷たい石の上で足を止める。手を引いていたエルドも立ち止まり、振り返った。

どうした、と言いたげな眼差しが向けられる。

「……どういう意味でしょうか」

エルドは、わずかに首を右に傾けた。

「どういうも何も、そのままの意味だが？」

「私の役目というのが、理解できません」

「ああ、そうか。そうだね。でも、そんなことはどうでもいいじゃないか。サラが二年前の役目をまっとうしてくれるだけで、私はとても助かるんだ。それにね、あそこにいる方はとてもいい人だ。サラを悪いようにはしないよ。だから」

とても穏やかな口調だが、それが逆に恐怖を煽る。

はっきりと、だがしかし直接な物言いはしない話し方に、サラは無意識のうちにエルドの手を振り払っていた。怖い。目の前にいる叔父が、叔父ではない、見知らぬ人間のように見えてきた。掴まれた手首を自分に引き寄せ、胸に抱く。

「そんなに怯えることはないんだよ？」

「来ないでください」

「……ねえ、サラ」

「来ないで！」

叫ぶように言うと、さすがにエルドもまずいと思ったのか、表情を変えた。

「サラ、どうしたんだい？　大丈夫だからこっちにおいで」

いやだ、と伝えるように首を横に振った。

「もしかして、連絡しなかったことを怒っているのかい……？　ああ、それとも一年前、ひとりでフローリアへ……、ここへ来させたことが嫌だったのか……？　だとしたら、ちゃんと謝る。だから、そう私に意地悪をしないでくれないか」

違う、そうではない。意地悪も何もない。

会話ができていないことに、エルドは気づいていないのだろうか。この食い違いは、記憶がないせいではない。何かが、歪んでいる。そうサラは思った。

――そういえば、さっき叔父さまは、ここがフローリアだって……。

甘ったるい香水の香り、女の声、両親からは足を踏み入れてはいけないと言われていた場所。フローリアという名の店。ここにまつわる情報が一気に浮かび、サラは本能的に足を引いた。

これ以上先へ進んだら、きっと戻れない――ような気がする。

「わかった、自分の身体に傷があるのを気にしているのか。だとしたら大丈夫。その傷はちゃんと消えるよ。それに、傷があるからといってひどいことをするような方ではない。

それは私が保証する。かわいい姪を、そんなひどい男に差し出すわけがないだろう？」

ああもう、これ以上聞いたらいけない。

エルドに抱いていた違和感が警鐘に変わっていく。願うような気持ちでいるサラのことなど見ていないのか、エルドはとてもいい笑顔で言った。

「おまえの価値は、二年前からもう決まっているんだ」

その瞬間、サラは両方の耳を後ろから覆われる。眦からわけもなく涙が溢れた。

「これ以上は、必要ない」

背後から届いた優しい声に、心臓が大きく高鳴る。

——メルヴィン……さま。

サラの耳を覆っているのは、恐らく彼の手だ。そこから伝わるぬくもりと行動に、覚えがあった。以前にもあった既視感が、ひとつの記憶を導き出す。

——……ああ、マリィさまの耳を覆っていたのは……、メルヴィンさまだったのね。

マリィの耳に余計なことを聞かせまいと、メルヴィンが耳を覆っていたのを、サラはどこかで見ていたのかもしれない。だから中庭にいたとき、咄嗟に身体が動いたのだろう。

メルヴィンの優しさに、胸がいっぱいになっていく。

しかし、目の前にいるエルドは、困惑した表情でサラを、いや、その後ろにいるメルヴィンを指でさした。

「あなたが、あなたさえいなければ、私は……！」

「今頃、まだ贅沢な暮らしができていただろうな」

メルヴィンの冷えた声が答える。

「だが、そうさせないために、俺がおまえの帰る場所を奪った。……もう二度と、サラの前に顔を出せないようにな」

「……」

「おまえはもうおしまいだ」

底冷えのする声ではっきり言われ、エルドは乞うような情けない表情をした。

「お、お待ちください。……そんな、私は」

「ウェザーに協力したのが運の尽きだ。いや？　隣国で好き放題過ごした結果、借金まみれになった段階で、もう運はなかった。おまえを、隣国へ引き渡す」

「そんな……！　あああ、申し訳ございません、それだけは、それだけは……！」

「自分のしてきた後始末ぐらい自分でつけろ。もし、それを関係ない姪に押し付けようものなら、俺が全力で相手してやる。覚えておけ」

「あ、……ああ、殿下、私の話を聞いてください、殿下……!!」

よろよろと近づいてくるエルドだったが、背後からやってきた騎士たちに取り押さえられる。地面に組み伏せられ、嘆き、懇願する声をあげながら、這いつくばってもなお追い

すがろうとするエルドを前に、サラは言葉にならない気持ちになった。

ふいにエルドの視線がサラに向けられ、助けを求めるように手を伸ばしてくる。しかし、それに気づく前に、サラはメルヴィンに身体の向きを変えられ、腕の中に閉じ込められた。

「殿下、あとは私が」

「頼んだ」

どこからか声が聞こえたが、メルヴィンの腕の中にいたら何も見えない。それにもう、何も考えられなかった。焦がれていた彼の匂いを胸いっぱいに吸い込み、サラはようやく、もう大丈夫なのだと理解する。心身ともに極限状態だったせいか、すぐにメルヴィンへ身体を預けた。すると、彼はサラを軽々と抱き上げる。

「メルヴィンさま⁉」

膝裏と背中に腕を回され、横抱きにされたサラはメルヴィンの首に抱きついた。

「身体が冷えてる。さっさと馬車に移動するぞ」

言われて初めて、足の感覚がほとんどないことに気づく。そういえば、裸足で冷えた石の上にずっと立っていた。身体が冷えるのも当然だと思い、素直にメルヴィンの腕に抱かれていたのだが、大事なことを思い出して腕を突っぱねる。

「ベルはどうなりました⁉」

「動くな。大丈夫だから安心しろ。とっくに保護している」

「……ああ、よかった」

安心したせいで力が抜けたのか、サラはメルヴィンにしなだれかかった。が、すぐにまた違う疑問が浮かび、サラは頰をメルヴィンの鎖骨のあたりに預けて彼を見た。

「メルヴィンさま……、よく平気でしたね」

メルヴィンはちらりとサラを見つめ、正面に視線を戻す。

「睡眠薬のことなら、平気じゃなかったぞ」

「え?」

「一瞬寝た」

「……一瞬?」

「おまえ、水差し落として割っただろ」

「……はい」

「それでどうにか意識を取り戻して、サラが出ていくまで口の中を嚙んで耐えた。あとは、カノンが動いてくれたよ。……サラが頼んでくれたんだってな。ありがとう」

あのとき――廊下で薬を手渡されたあと、サラは近くにいたカノンに適当な理由を告げて睡眠薬を頼んだ。どこで誰が見ているかわからないため、カノンとはそこで一旦別れ、サラは調理場へ向かい、そこで水差しをふたつ用意した。

片方の水差しに手渡された薬を入れていると、たまたま使用人がやってきたため、彼女と談笑しながら薬入りの水差しをカノンの部屋へ持っていくよう指示を出した。

そしてただの水が入ったもう片方の水差しを持って、サラは執務室付近でカノンと落ち合ったのだ。頼んでいた睡眠薬を受け取り、すれ違いざま「私から届いた水差しを調べて」と小声で伝えたあとは、こっそり水差しに睡眠薬を入れて執務室へ入るだけだった。

あとは、カノンがうまく立ち回ってくれるはずだと信じて。

「私はただ、カノンに薬を調べてもらっただけですから……」

「そのカノンが、血相を変えて俺の部屋に飛び込んでこなかったら、俺はまた後悔することになった」

サラの耳に届くか届かないかのつぶやきに顔を上げる。彼にその言葉の真意を訊こうとしたのだが、突然視界が開けたことで意識が景色のほうへ向かった。

どうやら通りに出たらしい。その景色が、ついこの間見たものと重なった。

あれ、と思うサラの視線の先に大男がいる。彼はメルヴィンに抱かれているサラを見て安心したのか、嬉しそうに笑った。すきっ歯を覗かせて。

——あの方……ッ。

怖い思いをしているサラに、あのとき声をかけてくれた大男だった。

二年前丸刈りだった頭にはふさふさの髪が生えている。それもあって、気づけなかったのだろう。それでも、彼はサラのことを覚えていてくれた。彼は小さくサラに手を振り、サラもまた手を振り返す。そういえば、サラがウェザーに首を絞められていたときに入ってきたのは、彼だった。

「……どうした？」

「あの方に、お礼を……と」

「ああ、ファングのことか。今じゃなくても大丈夫だ」

「お知り合いなのですか？」

「あいつは騎士だ。ウェザーの動向を探らせるために、俺の命令で八年前からあそこで仕事をしてもらっていた。その仕事も終わりだ。今後は、城で会えると思うぞ」

そう言って、メルヴィンは待機させていた馬車へサラを乗せてから自分も乗り込んだ。すぐに馬が走り出し、馬車が揺れる。隣に座るメルヴィンの手が、サラの腿を撫でた。

「無茶をする」

そこは、サラが眠気をとるために自分でペーパーナイフを突き刺したところだった。

「……帰ったら、ちゃんとカノンに治療してもらおう」

優しい声に包まれる。

でも、今はその気遣いがサラの心には負担だった。サラはメルヴィンの手を退けて、少しだけ距離を取る。

「……サラ？」

メルヴィンの視線を感じるが、サラは彼の顔を見ることなく前を見据えた。

「私、大丈夫ですよ」

「……」

「だから、もうメルヴィンさまは自由になっていいんです」

「……どういう意味だ」

「私に気を使って、無理に夫婦を続けなくてもいい……ということです」

「サラ、待ってくれ。無理ってなんだ、話が見えない」

「私、城を出ます」

「サラ！」

ただ淡々と自分の気持ちを言葉にするサラと、話をしようとするメルヴィンの声が交錯する。揺れる馬車内で、サラの名を叫んだメルヴィンは頭を抱えるようにしてうなだれた。

「……どうしてそうなる」

困ったように、ため息交じりにつぶやいたメルヴィンをちらりと見て、サラは込み上げる想いでいっぱいになる胸に手を置いた。

「メルヴィンさまを、幸せにしたいのです」

「なら、俺は十分幸せだ。サラがいてくれればそれでいい」

「それは、愛ではありません」

メルヴィンの肩が小さく揺れ、ゆっくりと顔が上がる。サラは目が合わないよう、視線を正面に戻して告げた。

「同情です」

「……そんなことはない」

「たったひとりの家族に、売られようとしていたのに？」

メルヴィンが、息を呑む。

それが、サラの『答え合わせ』になった。

「……あの日、叔父は私におつかいを頼みました。あのフローリアというお店へ行くよう言われていたんです。でも実際は……、私を売りに出したのでしょう？」

ドレスをぎゅっと握り、震える声を抑えるようにサラは続ける。

「それを、きっとファングさんがメルヴィンさまに伝えたのね。……だから、メルヴィンさまはあのときあそこにいた。何も知らず、身内に売られる私を不憫に思って、私を助けてくださった」

「違う」

「そして、想い人がいるのに、私を助けるために私のものになると嘘をついた」

「違う！」

叫ぶように否定する声が、蹄の音に混ざって馬車内に響く。

それでもなおメルヴィンのほうを見ようとしないサラに焦れたのか、彼はサラの肩を掴んで自分のほうへ向けさせた。必死な形相でサラを見つめるメルヴィンは、珍しく取り乱している様子だった。

「……そうじゃない、そうじゃ……」

途中で言葉を詰まらせたメルヴィンに、サラは大丈夫だと伝えるように微笑む。

「私、わかってしまったんです。さっき、メルヴィンさまは聞かせまいと私の耳を塞いでくださいましたが、叔父さまは……あのとき私を姪ではなく、商品としてみていました。優しく穏やかではあったけれど……、おつかいを頼んだあの日と同じでした」

ウェザーがサラを呼び出す際に家令の名前を出したのは、きっとエルドの入れ知恵だ。昔から知っている名前を出せば、警戒心が緩む。自分の名前を出すことで、サラが不審に思って来なくなるのを危惧していたのかもしれない。それで家令の名前を使った。

「叔父さまが死んだと嘘をついたのは、メルヴィンさまの優しさですよね。私に、私が売られたのだと思わせないための」

サラは、メルヴィンの頬を優しく撫でる。

「私は、もう十分よくしていただきました。身内に売られるところをメルヴィンさまに助けていただいただけでなく、メルヴィンさまから……サラのものになる、と幸せな嘘もついてもらいました。私の身体に、優しく……触れてくれました」

もういい、それだけで。

「だから、もう私を愛したふりをしなくてもいいのです」

とても満ち足りた気分でサラは微笑む。抱きしめる腕が愛しいと、こうしていることが幸せだと素直に思う。しかし、十八歳の自分は、そうではなかった。

今、彼女の気持ちがわかる。

「私……、私だけが世界に、時間に置いていかれたとばかり思ってましたけど……、本当は、私を知るみなさんを置いて、私が逃げてしまったんですね」

何をしても、愛する人から愛されない孤独に耐えられなくて。

「メルヴィンさま、ごめ――んぅッ」

謝罪など、聞かない。

そう伝えるように、メルヴィンが力任せに口を塞いできた。突然のことで目を瞠るサラをよそに、メルヴィンのくちづけは激しく、サラの唇を求める。

「ん、メルヴィッ……さまッ、んむぅッ」

彼の名前を呼びたくても、呼べない。

首の後ろを手で押さえられているせいで、逃げることもできなかった。ただ一心に、何かを伝えようとしてくるメルヴィンのくちづけを受け入れる。

「んぅ、んッ、んーッ」

やめさせようと彼を叩いても、その手を摑まれてしまう。さらに舌が差し込まれ、口の中が一瞬で苦くなった。眉をひそめるサラの舌に彼のそれが絡みつき、扱くように吸い上げられる。腰骨のあたりがざわついて一気に力が抜けた。それが彼もわかったのか、激しかったくちづけが、優しく甘いものに変わっていく。

「ん、んぅ、ん、んッ」

気づくと、互いに互いの舌をちゅくちゅくと吸っていた。

触れ合うところから甘さがにじみ、メルヴィンのぬくもりしか感じられない。サラの意識がメルヴィンでいっぱいになってくると、彼の唇が離れていった。そして、きつく抱きしめられる。これはもう離してもらえないと諦め、サラは小さく息を吐いた。

「……何飲んだんですか？」

「眠気覚ましの薬だ。……苦かったか」

サラは素直に頷いた。

「悪い。……でも、サラのおかげで口の中は甘くなった」

ありがとう、と言うようにメルヴィンはサラの頭にくちづける。そこで馬車が停まった。ほどなくして馬車のドアが開かれ、メルヴィンがため息をつく。

「俺は、これから兄上に報告がある。戻るまで、部屋で待っててくれるか」

「……」

「サラ、返事」

「……でも私は」

「俺が、話したいんだ」

懇願するメルヴィンに、胸が震える。しかも、サラを抱きしめる腕の力は「いいと言うまで離さない」と伝えるように強くなった。これはもう、いよいよ彼の言うとおりにしなければ離してもらえないと思い、サラは首肯した。

「………わかりました」

「ありがとう」

腕が緩み、その縛めを解いたメルヴィンが、サラの頤を摑んで上を向かせる。唇が触れ、そのくちづけが深くなる前に、彼は唇を離した。

「………では、あとで」

苦笑するメルヴィンを、サラは馬車の中から見送った。

第六章　本当の私

——サラ、勇気を出して。

緊張した面持ちで、サラは手にした布を真っ白な太ももにそっと押し付ける。

「ひぅッ」

痛みは走ったが、我慢できる程度のものだ。胸中で安堵しながらも、サラは傍らにある湯を張った桶で布を絞り、太ももの傷口を丁寧に拭いていく。

城に戻ると、サラは待ち構えていたカノンに傷口を見てもらい、それから浴室に連れ込まれた。てっきり治療をしてもらえるのだとばかり思っていたサラに、カノンは言った。

『応急処置がされているので、まずは身体を綺麗にしましょう。治療はそれからです』

そこで待機していた侍女たちが、サラの長い髪を丁寧に洗ってくれた。

あらかじめカノンから指示されていたのだろう。彼女たちはサラの髪だけを洗い、傷口のところはそのままで、サラの身体を丁寧に拭いていった。おかげで、裸足で走ったせいで擦り傷だらけになった足の裏や、ほこりまみれになっていた身体も綺麗になってさっぱりした。そして綺麗なナイトドレスに着替えて寝室に戻り、傷口を自分で拭いていたのだった。

「……はぁ」

絶妙に我慢できる痛みと戦いながら、サラは傷口を拭き終えた。

多少は綺麗になったと思うのだが、これで大丈夫なのかはわからない。とりあえずカノンが治療に来るまでは、このままでいいと思い直し、サラはベッドに背中から寝転んだ。

静寂が流れる寝室の天井を見上げ、息を吐く。

ついさっき、自分が首を絞められていたのが嘘のように穏やかだ。

「……」

考えなければいけないことは山程あるはずなのに、どういうわけか思考が働かなかった。ただぼんやりしているサラの耳に、ノックの音が響く。

「どうぞ」

返事をしたサラが上半身を起こすと、ゆっくりと開かれていくドアから見知った人物が顔を出した。

「こんな夜更けに、ごめんなさい」

「アリーシャさま？」

「ああ、いいのいいの！　サラちゃん怪我してるって聞いたから、どうかそのままで。それに私もパトリシアがいるから、あまりそう長居はできないの」

ベッドから立ち上がろうとするサラを制して、アリーシャは近くの椅子に腰を下ろした。

「怪我は大丈夫？」

「はい。治療はこれからですが、大事には至らないと……。でも、どうしてそれを？」

「さっき、メルヴィンさまが陛下に会いにこられてね。そこで事情を少しだけ訊いたの」

「そうだったんですか……。ご心配をおかけして、すみません」

「サラちゃんが謝ることじゃないわ。今回私は何もできなかったのだから、心配ぐらいさせて」

言いながらサラの手を両手で包み込んだアリーシャの優しさに、胸がいっぱいになる。何も言えないでいるサラに、アリーシャはやわらかな笑みを浮かべた。

「私と陛下、マリィもパトリシアも、サラちゃんの味方よ。だから私がここにいるの」

それは、どういう意味だろうか。

するとアリーシャは、胸元から手紙を取り出した。

「これは、前国王の遺言書……というか、手紙ね。これを渡すよう、陛下から言いつかってきたの。だから、ぜひ読んで」

アリーシャから手紙を手渡され、サラはそれをじっと見る。もう二度と届くはずのない手紙に驚いていると、アリーシャが椅子から立ち上がった。

「それじゃ、私はそろそろ行くわね」

はっとして見上げるサラに、アリーシャは楽しげに続けた。

「明日は、マリィと私のティータイムにサラちゃんをご招待させていただくから、よろしくね。素敵な花束のお礼ぐらいは、させてちょうだい」

有無を言わさぬ笑顔を最後に残し、アリーシャは寝室から出ていった。

サラは小さく息を吐き、苦笑を浮かべる。いつもより強引な言い方をしていたが、もしかして彼女は気づいているのだろうか。サラが、この城から出ていこうとしていることに。

もしそうだとしたら、さすがライオネルの伴侶だ。

——アリーシャさま、すごい……。

そこへ、再びノックの音が届く。

先程と同じように返事をすると、待ち人のカノンが入ってきた。そしてサラに、肩からかけている、布でできた袋をかすかに持ち上げてみせる。

「治療しにまいりました」

優しく微笑んでくれるカノンに、サラもまた微笑む。

「よろしくお願いします」

　カノンはさっきまでアリーシャが座っていた椅子に腰を下ろし、準備を始めた。その間に、サラは手にしていた手紙をサイドテーブルに置き、傷口が見えるようにナイトドレスの裾を引き上げる。

「ねえカノン……。ベルの体調は大丈夫？」

　あの騒動から顔を見ていない心配から、膝をついたカノンに問いかけていた。彼は顔を上げ、サラを安心させるように微笑んだ。

「少し衰弱しているものの、栄養のある食事を摂って、たっぷり寝れば大丈夫です。少しサラさまにご不便をおかけするかもしれませんが……」

「いいの。私は大丈夫よ。ひとりでも問題なく過ごせていたのだから、ベルには無理をしてほしくないわ。養生して、と伝えてくれる？　それから、ごめんなさい、と」

　申し訳なさそうに俯くサラに、カノンは不思議そうな顔をした。

「カノンとパッフェルの大事なベルに……、その、私のせいでひどい思いをさせてしまったから」

「いいえ。そんなことはありません」

「でも」

「サラさま。ベルは、ああなる覚悟をしておりました」

「……覚悟？」

「はい。……実は、サラさまが記憶を失う前に、サラさまの様子がおかしいと最初に気づいたのは、ベルなのです。それをメルヴィンさまに報告したら、何かあったときのために、合言葉を決めることになりまして……」

もしかして、それは。

ふいに浮かんだベルの発言に、はっとする。それを察したのか、カノンは頷いた。

「そうです。少し長い買い物……、それが合言葉でした。だから、私だけでなくメルヴィンさまも、サラさまを助けるのに早く動くことができたのです」

「そうだったの。……記憶を失う前の私は、よほど切羽詰まっていたのね。周囲から疑われていたなんて……」

「いいえ。それは違います」

「え？」

「何かあったとき、あなたはきっと周囲に助けを求めることなく、ひとりで解決しようとするだろう。だから、よく見ていてくれないか。……メルヴィンさまは、そうおっしゃっておられました。だからこそベルはサラさまの異変に気づき、私たちはサラさまを守るための合言葉を決めたのです。それがあったから、今回サラさまに危険が迫っていることに気づけたんですよ」

穏やかなカノンの声に、胸が震える。

感情が、込み上げる。

言葉が見つからないサラに、カノンは微笑んでくれた。昔と変わらぬ笑顔で。

「サラさまを知る私たちは、誰もサラさまを疑ったことはありませんよ」

「……ッ」

「ですから、謝ったりしないでください。むしろ、サラさまが生きて、こうしてここにいてくださるだけで、ベルも私も嬉しいのです」

「カノン……」

「とりわけ、ベルはサラさまのお世話をするのを、心の拠り所にしております。元気になってからも、どうか今までどおりおそばにおいてくれませんか」

苦笑しながらも、ベルの今後についてお願いをするカノンを見つめ、サラは頷く。

「ええ。ベルが元気になってから、たくさん構ってもらうことにしたわ。今決めた」

「それはベルも喜びます」

嬉しそうにカノンが言い、視線を傷口に移す。彼は慣れた手つきで、薬草を塗り込んだやわらかな布を当て、手早く白い包帯で巻いてくれた。

「とりあえずはこれで大丈夫だと思います。若干、傷が熱を持っておりますので、もしかしたら今夜あたり熱が出るかもしれません。必要なら熱を下げる薬をお持ちしますから、遠慮なくお申し付けくださいね」

治療を終えたカノンが、サラを見上げて微笑んでくれる。

「ありがとう、カノン」

「お礼を言われるほどのことではありません。これは、サラさまのお父さまが私に教えてくださったことです。お礼を言うのは私のほうですよ。……さ、裾をお下げください」

もう一度ありがとうと伝えるサラに微笑み、カノンは脇に置いた袋を手に立ち上がった。

それをまた肩から斜めにかけて、思い出したような声を出す。

「あ、そうそう」

裾を下ろしたサラが顔を上げると、カノンは下げた袋から何かを取り出した。

「これを」

手渡されたそれは、少しくしゃくしゃになっていた偽の遺言書だった。

「……馬車に置き忘れていた、と御者から預かってまいりました」

「でもこれ」

「中身を見るか見ないかは、サラさまにお任せいたします。これは、サラさまが読んでも大丈夫なものですので、ご安心を」

それだけ言い、カノンは寝室から出ていった。

ひとりになったサラは、手渡された偽の遺言書を見下ろし、それからサイドテーブルに視線を向けた。そこには先程アリーシャから受け取った手紙がある。

――先に、おじいちゃんの手紙から読もう。

そう思い、サラはカノンに渡された偽の遺言書を脇に置き、サイドテーブルの手紙を手にとる。王家の印章で封をされている手紙を開け、中に入っている上質な紙を取り出した。

丁寧に折り畳まれた紙を開く。

『親愛なる友人、サラへ』

手紙でやりとりをしていたときと、同じ始まり方だった。しかし、筆跡は違う。その謎は、読み始めてからすぐにわかった。

『この手紙が、本当に私のものか不安になっているかもしれないが、これは正真正銘、キミの友人である、おじいちゃんの手紙だよ。安心していい。私は病気でね、もう随分前からペンを握れない身体になってしまったんだ。サラに心配をかけたくなくて、今まで黙っていた。申し訳ない。ああ、ちなみに、いつもより字が汚いのは、代筆しているライオネルのせいだから許してやってくれ』

ときおり笑いを交えるような内容は、確かに『おじいちゃん』のものだった。サラは懐かしさで胸をいっぱいにして顔を綻ばせる。

『さて、ライオネルの機嫌が直ったところで本題だ。これはね、サラにだけ伝える遺言だ。私はこれからメルヴィンに、サラを妻にするよう言い渡す。なぜって？　キミの幸せを望んでいるからだよ。図らずも、キミが父上を亡くしてしまったのは、私のせいだ。贖罪の気持ちがないわけではない。だが、その贖罪を、キミは許してくれないだろうな。サラのことだ、私の心を慮ってくれるだろう。だから、あえてメルヴィンに言うのだ。「サラを妻にせよ」と。なに、これは私のわがままだ。息子かわいさゆえの、な。この意味を私がキミに伝えるのは無粋でならないから黙っておくが、それぐらい伝えられない息子ではないと信じている。信じているが、人生何が起きるかわからん。もし、メルヴィンとサラとの間で何か大きな行き違いがあったときのために、この手紙を残しておこうと思った。証人は、国王になるライオネルだ。これ以上の確かな証拠はないだろう？　つまり、何が言いたいのかというと。サラがメルヴィンを好きじゃなければ、』

　そこから先を読むのが怖いのか、指先が震える。それは持つ手から手紙に伝わり、文字がぶれた。サラは自分を落ち着けるよう深呼吸をして、続きに目を向ける。

『好きじゃなければ、この城から出ていっていい。だが、少しでもメルヴィンを好きだと思っているのなら、その気持ちを大事にしてほしい。少し思いとどまり、話をしてもらえないだろうか。私は、心からサラとメルヴィンの幸せを願っている。手のかかる息子で、申し訳ない。実の娘のように愛しているよ、サラ』

　最後の便箋まで読み切り、溢れた思いが涙となって頬を濡らす。ぽた、と落ちた涙が便箋に染みを作り、サラは慌てて顔を上げた。大事な手紙《おもい》を濡らしたくなかった。だが、眦から落ちていく涙は止まらない。サラは深呼吸を何度かして、手紙を胸に抱く。

「……私もです、おじいちゃん」

　預けられた愛を受け取ったようにつぶやき、何枚かに綴られた手紙を丁寧に折り畳んで封筒に入れると、サラはそれをもう一度胸に抱いた。それから立ってサイドテーブルの引き出しに大事にしまい、ベッドへ向き直る。ふと視界に入ったのは偽の遺言書だ。

　サラは吸い寄せられるようにして近づき、それを手に取った。

　なぜだろう、とても気になる。

　そういえば、ウェザーが偽物だと叫んでも、サラはこれを手放さなかった。これが、メルヴィンから手渡されたものだからだろうか。それとも。

　——私は、これを知っている……？

　導き出された仮説に、心臓が高鳴る。気づくと、サラは丸められたそれをゆっくりと開いていた。そこに書かれていた文字は——、サラがここ数年ずっと見ていた筆跡だった。

　つらいときは慰めてくれ、苦しいときは泣いてもいいと許してくれ、嬉しいときは一緒になって喜んでくれた。サラの心に、いつも寄り添ってくれたおじいちゃんの手紙で見る筆跡で、こう書かれてある。

『おまえが何者であろうと、俺はサラを愛している』

　メルヴィン・プレスコットの名で締めくくられたそれは、愛を記した彼の心だった。

　突然、胸を押しつぶすような感情と既視感に襲われ、息苦しくなる。胸に渦巻く行き場のない感情と戸惑いを、サラは知っていた。

ああ、そうだ。

覚えていない夢を見たときに、似ている。

それから目を覚ました直後、サラはサラではなくなっていた。

「……ッ」

心臓が早鐘を打ち、感情が入り乱れ、どうしたらいいのかわからない。

溢れる涙は止まらず、頭が痛い。頭の奥で声が聞こえるが、それはどれもはっきりせず、サラの頭の中で反響していた。

――何……が……。

ただ涙を流して立ち尽くすサラだったが、寝室のドアが開かれた音に反応して振り返る。

そこにいたのは、驚いたようにサラを見るメルヴィンだった。彼は、小さくいやいやと首を横に振り、足早に近づいてくる。

そして、目の前にやってくるや否や、サラは彼の腕に閉じ込められた。

突然のことに息を呑み、手にした偽の遺言書が床に落ちる。

「俺は、夢でも見ているのか」

サラを抱きしめるメルヴィンの腕の力が、さらに強くなった。

「まるで、あの日の夜の光景を見ているようだ」

泣きそうな声で続けられた内容に、サラは目を瞠る。

「あの日も、俺が寝室に戻ってきたら、サラは苦しそうに泣いていた」

そういえば、サラが記憶を失うきっかけになった夜の出来事を知っているのは、サラだけではない。彼もその場にいた。

「心配して声をかける俺に、なんでもないと笑い、その場で服を脱いだんだ。……今着ている、その服だ。それで、俺をベッドへ押し倒して……、泣きながらくちづけてきた。俺に、薬を飲ませるために」

「……」

「……その翌日、サラは記憶を失くした」

その時何があったのかなど、記憶を失くしたサラにはどうでもよく、記憶を取り戻せば思い出すだろうと安易に考えていた。が、実際に語られた話を聞くと、自分がかなり大胆な行動をしていたのだと理解する。そして同時に、サラはサラなのだと思い知らされた。

きっと、十八歳の自分もメルヴィンを守りたかったのだ。

「大丈夫です。薬など、持ってません」

「……同じことを二度もされたんだぞ、その話をどうやって信じればいい」

彼の言い分も、もっともだ。

サラが顔を上げると、彼もまた視線を向ける。その、怯えるような、それでいてどこか迷子の子どものような、珍しい表情をするメルヴィンに微笑み、サラは口を開けた。

そしてきょとんとするメルヴィンに言う。

「これで、安心できました？」

「…………だめだ。隅々まで見ていない」

まるで駄々っ子を相手にしているような気分になりながら、サラはもう一度大きく口を開く。すると、メルヴィンに首の後ろを摑まれて、口の中に舌を差し込まれた。

「んんぅ……ッ⁉」

一瞬にして口の中がいっぱいになる。

目を瞠ろうが、身体を震わせようが、声を出そうが、メルヴィンの舌は彼女の口の中を蹂躙した。舌の根だけでなく歯列もなぞり、混ざり合った唾液が口の端からこぼれ出る。

呼吸も許さないほどの激しいくちづけに、サラは力が抜けていくのがわかった。

もう、だめ。

そう思った直後、メルヴィンに搦め捕られた舌を強く吸い上げられ、サラの小さな身体は与えられた快感で小刻みに震えた。甘い痺れが全身を駆け抜け、力が抜ける。それを見越していたのか、はたまた最初からそうするつもりだったのか、メルヴィンはサラの腰を支え、器用に抱き上げてベッドへ寝かせた。

「……メルヴィン……さま」

潤む視界で見上げると、彼は今にも泣き出しそうな表情をしている。その珍しさもあってか、サラは自然と彼へ手を伸ばし、その頬を覆った。

「どうして……、そんな顔をしていらっしゃるんですか……？」

メルヴィンは、サラの手のひらに己の頬を擦り寄せる。

「サラが、いけないんだろ」

「私……、何かしました？」

「相談もせず俺に薬を飲ませて、自分ひとりで俺を守ろうとした」

「……だってそれが……妻にできる、唯一のことですから」

「……ッ」

「言ったではありませんか。夫の心を守れるのは妻だけ、と……」

「だからといって、自分の命を差し出すことはない。命をかける理由など……！」

ああ、そんな顔をしないでほしい。

泣くのを我慢している様子のメルヴィンに、サラは微笑んだ。

「しょうがないじゃありませんか。……それが愛というものです」

幸せを語るサラを見て、メルヴィンが驚いたように目を瞠る。ああ、なんということだろう。十八歳の自分は、自分の気持ちでさえも伝えていなかったのだと、彼の反応を見て初めて気づいた。

「私、もうずっと前から、メルヴィンさまのことを愛しているのですよ」

知りませんでしたか？

そう続けると、顔に雨が降ってきた。

ぽたぽたとサラの顔を濡らす雨は生暖かく、その雨を止めようと、サラはメルヴィンの目元をなぞった。何度も、何度も。

「……どうして……」

「言ってくれなかったのかって？　そんなの、言ったところでメルヴィンさまには届かないからですよ。だってあなた、好きな人がいたでしょう？　好きな人と一緒になれないメルヴィンさまを思うと、私の気持ちを伝えるのは申し訳ない気がして……。私は、あなたに幸せになってほしかったから……」

「おまえは、いつだって俺のことばかりだ」

「メルヴィンさまが、大切ですから」

「……俺も同じ気持ちだ」

「え？」

「おまえは、俺の想い人が自分だとは思ったことがないのか」

泣きながら幸せそうに微笑むメルヴィンを前に、サラの心臓が止まりかける。大きく脈打った心音で息を呑んだサラは、目を瞬かせてメルヴィンの頬を挟むように両手で包んだ。

「……ちゃんと、ちゃんと言って……くれませんか?」

信じられないといった様子で言うサラに、泣き止んだメルヴィンはすっかりいつもどおりだ。したり顔で、サラをからかってくる。

「ちゃんと言わないとわからないのか?」

鼻の頭を赤くしてかわいいのに、言うことはかわいくない。だが、サラもここで引き下がるわけにはいかなかった。

「聞きたいんです。メルヴィンさまの言葉で……、ちゃんと」

素直に懇願するサラに、メルヴィンがまた驚いた表情を返した。それだけで、十八歳の自分が、どれだけ自分に素直ではなかったのかが窺い知れる。もしかしたら、彼女は最初からメルヴィンとの仲をやり直したかったのかもしれない。

そんなことを考えるサラに、メルヴィンは額を付け合わせてきた。

「それを言ったら、抱かせてくれるか?」

それにはさすがのサラも顔を真っ赤にして叫ぶ。

「メルヴィンさまったら、そればかりではありませんか! 二言目には、……そう……言って……、あれ?」

本当にそうだっただろうか。

戸惑い始めるサラから離れたメルヴィンが、雨上がりの空のように晴れやかに笑った。

「しょうがないだろう？　好きなんだから」

一瞬、何を言われたのかわからなかった。

「も、もう一回、ちゃ、ちゃんともう一回……！」

聞かせてほしいと懇願するサラに、メルヴィンは嫌だというように舌を出す。

「もう言わん。俺の気持ちを同情などという一言で片付けようとしたんだ、これぐらいの意地悪は許せ」

「い、今、今が一番大事なところですよ!?」

「そうだな。大事だ。大事だから、しばし言葉を脇に置く。——あとはこの身でもって、俺の本気を思い知れ」

メルヴィンは口の端を上げて、一瞬で獲物を捕らえた獣のような表情になった。

あ、と思ったときには唇を塞がれ、口の中が彼の舌でいっぱいになる。

「んんぅ、んッ……、ぅんッ」

メルヴィンの舌は、戸惑うサラの舌を容易に搦め捕り、扱くように吸い上げた。触れ合うところだけでなく、口の中が一瞬で甘くなる。まるで、そうなるように身体に教え込まれたような気分だ。急激に込み上げる羞恥に耐えかね、サラが顔をそむけようとする。しかし、その行動を読まれていたのか、メルヴィンの手がサラの頬を覆った。

これでは、彼のくちづけから逃れることはできない。

だからといって、本当に嫌だというわけでもない。

ただ、彼のすべてで自分を変えられてしまう感覚が少し怖かっただけだ。理性で包んだ欲望の中にある、たったひとつの感情が暴かれてしまう気がする。それなのに、彼はサラの頬をあやすように指先で撫でた。よしよし、よしよし。すべてを奪いつくさんとするくちづけとは反対に、彼の指先があまりにも優しいせいで、眦から涙が溢れる。

大丈夫、怖くない。

撫でる指先の動きから伝わる彼の心が、聞こえたような気がした。少しずつ、身体から余分な力が抜けていくと、メルヴィンの嵐のようなくちづけも徐々に穏やかなものになっていく。が、反対に甘い気持ちと快感が波のようにサラを襲ってきた。

「ん、んぅッ、んッ」

身体が小刻みに震え始めた直後、絡みついたメルヴィンの舌が少し強くサラのそれを吸い上げる。たったそれだけで、目の前が白く弾けた。

「んぅ……ッ、ん、んッ、んんーッ」

腰が上がり、身体が震える。

受け入れた快感はメルヴィンの優しさとともに、サラの身体に刻み込まれた。メルヴィンは舌をほどき、最後に唇を押し付けると、ゆっくりと顔を上げる。ぼんやりそれを見上げるサラに、彼は微笑む。

いい子だ、と。

泣きたい気持ちになったのが表情に出たのだろうか。メルヴィンは一瞬苦笑を浮かべ、またくちづけてくれた。軽く触れるだけの優しいくちづけをし、サラの足の間に身体を割り込ませてくる。メルヴィンはサラの首筋へ顔を埋め、肌に己の熱を灯していった。

「ん、ぁッ、……んッ」

肌をやわらかくするように舌先で舐め、軽く吸われる。腰のあたりがざわざわして、ひどく甘い気持ちになった。もっとして。メルヴィンのくちづけと熱に浮かされた頭の奥で、快楽が顔を出す。サラの身体は、彼が愛撫をしやすいよう勝手に動いた。

くちづけやすいよう首を傾けたり、胸元にあった手を退かしたり、背中を反らせたり。

彼の唇が下りていくと、勝手に自分を差し出していた。

メルヴィンもまた、嬉しそうにサラの肌を愛してくれる。それが嬉しかった。

互いの肌が熱を持ち、互いの心が相手を求めてさまようようになってくると、胸元を一気に引き下ろされる。ふるりとまろび出たサラのやわらかな胸が、あらわになった。

「あ、これは、あの」

すでにつんと尖った胸の先端を見られてしまった。

羞恥で目に涙が浮かぶサラの前で、メルヴィンはそこへ恭しくくちづける。

かわいい――と、言われた気がして、涙が溢れた。

そんなふうに大事に扱われたら、だめになる。

「んッ、あッ……メルヴィンさま、そんな……ッ」

しかし、彼は何も言わない。

宣言どおり言葉を脇に置き、指先で、唇で、表情で語る。

メルヴィンはサラに視線を向けたまま、ゆっくりと胸の先端を口に含んだ。舌先で転がし、もっと硬くなったそれを優しく吸い上げる。

「あッ、ぁッ」

声をあげたサラに気をよくしたのか、メルヴィンは口の端を上げて目を閉じた。サラを攻め立てるつもりなのか、舌先でクリームを舐めるように胸の先端を舐め上げたり、絡みついて吸い上げたり、ちゅくちゅくと口の中で味わった。

「やぁ……ッ、あ、あッ、ぁあんッ、だめ、メルヴィンさま、それ……ッ」

気持ちよくて、どうにかなってしまいそうだ。――だというのに。

「あ、両方はだめ、だめッ」

もう片方の手が反対の胸の先端を優しくつまみ上げるのだから、腰が浮く。全身に残るけだるい快感がメルヴィンの愛撫を手助けしているのか、何度か受け入れた絶頂がもうすぐそこに見えていた。

「メルヴィンさま、待って、ね？　お願い、待って、私……わた、し……ッ」

涙を溢れさせながら、夢中で胸の先端に吸い付いているメルヴィンの頭を撫でる。サラの懇願が届いたのか、彼は目を開けてくれた。ほっとしたのも束の間、彼は口の端を上げ、見せつけるように乳首に優しく歯を立てる。

もう、だめだった。

「ぁあッ、あ、あッ、あぁぁ――ッ」

最後のほうは言葉にならない声を上げ、喉を反らして身体を震わせる。これで何度目だろう。彼に触れられるところが、敏感になっていく。くったりとベッドへ沈み込んだサラのナイトドレスをはぎ取ってから、メルヴィンの手は下腹部へ向かった。むき出しの太ももを撫で、秘所に触れる。

彼の指先が、嬉しそうにそこを撫でた。

いやらしい水音が聞こえてきたのと、彼の指から教えられるぬるついた感触に、サラのそこが蜜を溢れさせているのが容易にわかった。だが、羞恥はやってこない。何度目かの絶頂を迎え入れたサラの身体は、何も考えられないぐらい心がむき出しになっていた。

「……メルヴィン……さま」

サラの声に応えるように、メルヴィンは濡れた秘所へ指をゆっくり入れてくる。ぞくぞくしたものが這い上がり、サラは思わず腰を浮かせた。溢れたそこはメルヴィンの指を簡単に呑み込み、あまつさえ締め付ける。出し入れを繰り返し、蜜をかき出されるが、それでもまだ溢れ出た。メルヴィンが変わらずサラの乳首をおいしそうにしゃぶっているからだろう。止まらない快感は、与えられる快楽と同義だ。

酒を飲んだわけでもないのに、メルヴィンの愛撫に酔ってしまう。

「メルヴィンさま、だめ。……も、私を……暴かないで……ッ」

指が、ゆっくりとナカをかき回してくる。

いいよ、大丈夫、サラを見せて。

そう伝えるような彼の指と舌の動きに、サラは眦から涙を溢れさせた。むき出しになった心が、もう限界だとサラの口を動かす。

「すき」

ふいに口からこぼれ出た心に、メルヴィンが顔を上げる。愛撫を止め、目を瞠るメルヴィンを前に、サラは恥ずかしさから顔を両手で覆ってしまった。

「好き……、好き、好き、好き」

「……」

「好きだけじゃ、足りないんです。好きで、好きで、好きで……」

たった一言、それを口にするだけで涙が出るほど。

「愛しているのです」

泣きたいのか、愛を紡ぎたいのかよくわからない。

ただ、サラはもう我慢できなかった。頑丈な理性で包んだ感情を、メルヴィンの指と唇が丁寧に剝がしていったのが悪い。

「メルヴィンさまが、メルヴィンさまが悪いんですよ。私だめって言ったのに、だめって……ッ。メルヴィンさまが好きっておっしゃってくれるまでは、我慢しようって思っていたのに……ッ。気持ちよくさせるから！」

怒るつもりも、ましてや責めるつもりもなかったのだが、この溢れ出た感情を彼のせいにしなければどうしようもなかった。サラ自身でさえも、こうならないために我慢していた。だって、これでは愛を乞う子どものようではないか。好きだと言って、幸せを口にして、もうサラはメルヴィンのことしか考えられない。

「メルヴィンさまが、もっと欲しくなってしまいます」

すると、秘所に熱い塊が押し当てられる。不思議に思う暇を与えられることなく、顔を覆っている両手首を摑まれ、退かされた。

「もう無理だ。俺も、サラが欲しい」

余裕のない表情をしたメルヴィンが顔を近づけ、唇を食む。優しく、サラの唇を味わうようなくちづけとともに、秘所にある熱の塊がゆっくりと押し入ってきた。

「んんぅッ」

誰も受け入れたことのないそこは、知らぬ熱に震え、おののき、それでもそれが何かを理解しているのか、少しずつ呑み込んでいった。

「ん、んぅ、んッ……あ、メルヴィンさま、入って、あッ、おっきい……、です」

息苦しい。サラの小さく狭いナカを迷いなく進んでいく熱は、紛れもなくメルヴィンのものだ。それはわかる。わかったうえで、嬉しい。だが、痛くもある。その初めての痛みに、息を止めてしまいそうになった。

「サラ……、息をして……」

「ん、んッ」

「声を出していいから」

苦しげな彼の声を聞きながら、サラはメルヴィンの首の後ろに腕を回す。

「メルヴィンさま……、好きって……言って」

懇願するようにサラが言うと、ナカの熱が質量を増した。腕に力が入って息を呑むサラの耳元に、メルヴィンは今にも泣きそうな顔で唇を寄せ、その細腰を掴む。

「嫌だ」

意地悪だと思った。とても残念な気持ちになったが、それはそれでいつものメルヴィンらしくていいと——そう思った瞬間。

「愛している」

甘く、身体のすべてが歓喜するほどの言葉と声に、勝手に眦から涙が溢れた。その直後、メルヴィンの熱が、最奥まで突き入れられる。

「ぁあッ、あ、あッ……ッ、……んッ」

一瞬にして目の前が弾け、腰が高く跳ね上がった。

メルヴィンの熱でナカがいっぱいになっただけで、サラの身体は歓喜した。一瞬で快感を受け入れたのだろう。サラの身体が小刻みに震えるのを、メルヴィンは落ち着くまで抱きしめてくれた。

「……ん、んッ、あ……ッ、メルヴィンさま……や、行かないで……」

彼がゆっくり顔を上げただけなのに、身体が少しでも離れるのが嫌だった。ぼんやりした様子でメルヴィンを見上げると、彼は嬉しそうにサラの目元を拭ってくれた。

「ちゃんといる」

「でも……」

「今、誰よりもサラのそばにいるのは俺だ。……わかるだろ?」

サラのナカをみっちりと埋めている大きくて硬い熱の塊が、かすかに動く。ここにいるから、大丈夫だと伝えてくれた。サラは静かに頷く。

「いい子だ。……だが、かわいいがすぎる」

「え?」

「サラは一体なんなんだ。どうしてそうかわいい。……こんなにも食い締められたら、俺の我慢が保たない。まだ全然かわいがっていないのに、出してたまるか」

「……メルヴィンさま？　あの、何を……」

「サラからずっと聞きたかった言葉をたくさん聞いて、俺の理性が保たない話だ」

メルヴィンもサラ同様、サラの心を聞きたかったのだろうか。

そう思うと、嬉しさで自然と笑みが浮かぶ。素直な想いが言葉になる。

「メルヴィンさま、大好き」

その直後、ナカにある熱がまた大きくなった。彼のそれは、どれだけ大きくなるのだろう。驚くサラに、メルヴィンは泣きそうな、どこか困ったような表情を浮かべた。

「ああもう、限界だ。かわいがる」

そう言ってサラの唇を塞いだ。

「んぅ⁉」

突然のことに驚くサラだったが、メルヴィンの唇は気持ちいい。どちらからともなく舌を触れ合わせていると、メルヴィンの腰がゆっくりと引かれていく。しかしすぐに、最奥めがけて突き入れられた。

「んんぅッ、ん、んッ」

引いては奥に、引いては奥に、を繰り返していくうちに、サラのナカがメルヴィンの大きさに慣れてきたのだろう。ひきつるような痛みが少し和らぐ。肉壁を撫でる熱に、サラのナカも歓喜に震える。彼のカタチに馴染んでいくそこからしだいに蜜が溢れて、リンネルに染みを作った。

「ん、ん、んッ……あッ」

メルヴィンがくちづけをやめて上半身を起こすと、腰の動きを止めてサラの胸の先端を口に含む。

「やぁッ、あ、あぁッ、あ、気持ち、いい……ッ」

「そのように、仕込んだからな……」

咥えながらしゃべるせいで吐息が乳首に触れ、敏感になったそこがさらに硬くなる。

「ん……、いい。……すぐに硬くして……、もっとしゃぶってやる」

じゅるる、と乳首に舌を絡ませて吸い上げられただけで腰が浮く。ナカにいる彼の熱が違うところにあたって、サラは嬌声を上げて背中をのけぞらせた。その間に、メルヴィンは己のジャケットを放り、シャツを脱ぎ捨てる。すっかり上半身裸になったメルヴィンがサラの胸の先端を解放したころには、サラの思考は快楽に溺れていた。

ひくひくと腰を揺らし、ナカにいるメルヴィンの熱を奥に誘う。

「……ああ、そんなに欲しいのか」

とろけた顔をしたサラを見下ろし、メルヴィンは嬉しそうに唇を舐める。そして、サラの胸の先端を指先でいじりながら、腰を小刻みに動かした。

「あぁッ、あ、あぁあッ、やぁッ」

　両方の乳首を指先で優しく弾きながら、よしよしと肉壁を撫でるように抽挿を繰り返す。あまりの気持ちよさに声があがり、ベッドの軋む音と一緒に響く。サラの気持ちいい嬌声と、つながっているところから響く淫靡な水音が、寝室に満ちていった。

　だめだ、気持ちいい。

「ああ、だめ、気持ち……いい、から……ッ」

「ん。じゃあ、もっとしよう。サラは、こうするのが好きだったな？」

　きゅ、と両方の乳首をつまみ上げられてしまい、サラは背中を反らせた。

「ぁああッ、あ、やぁ、メルヴィンさまッ」

「ああ、サラ。いやらしい……、いやらしいな」

　褒めるように言われると「いやらしい」がとても良いことのように思えてしまう。疑問に思う思考はすでに奪われ、今はむき出しの快楽がメルヴィンを求める。

「あ、あッ」

「いやらしい、俺のサラ」

「んんぅッ、あー、あぁッ」

「ああ、かわいい」

　たまらないといった様子で、メルヴィンはサラにくちづけてくれる。その唇と、乳首をいじる指先も同じぐらい優しいせいで、サラは気づかない間にまた絶頂を迎えていた。

「んぅッ、ん、んッ」

小刻みに震えるサラをそのままに、メルヴィンは強く腰を穿ち、さらに最奥へ熱を届ける。どれもこれもが気持ちよくて、サラはしがみつくようにメルヴィンの首に腕を回した。すると、胸をいじっていたメルヴィンの手がサラの腰を摑み上げ、最奥めがけて熱で穿つ。

「んぁッ、あ、あッ……ん、ぅ」

唇が触れたり、離れたりしている間に、腰の動きが速くなる。サラは、また大きな快感の波がすぐ背後に迫っているのを感じた。舌先が触れる、唇が溶け合うような感覚になる、ナカを出たり入ったりする彼の熱が愛しくなる。

「メルヴィン……さま、メルヴィンさま、私、また、また……ッ」

「ん、いいよ。……一緒に、……ッあ、こら、サラ……ッ」

「やぁ、わかんない。あ、や、きちゃ……ッ、きちゃう……ッ」

「サラ……ッ」

名前を呼ばれて唇が塞がれた直後、つながったところから、どくんどくんという大きな鼓動が聞こえ、サラの腰が高く上がった。目の前が真っ白に染まり、ただただ互いに抱きしめる腕に力がこもる。ナカに勢いよく注ぎ込まれた熱はまだ止まらず、メルヴィンの腰はサラの奥を二度、三度と穿ち、震える。お腹の奥が熱い。触れ合う肌が汗ばみ、火照る。

メルヴィンの重みが心地よかった。

そして、なんだろう。この幸せに満ちた気持ちは。

眦から涙が溢れると、メルヴィンの身体がゆっくりと離れる。

「……サラ？」

どうした、と問うメルヴィンに、サラは微笑んだ。

「幸せって、こういうことを言うのですね」

「……そうだな。俺も、サラに幸せを教えられた」

「そうなんですか？」

「ああ」

「嬉しい」

「俺もだ」

「一緒ですね」

嬉しそうに微笑むサラに、メルヴィンも口元を綻ばせた。

「今も昔もこれからも、俺はサラを愛しているよ」

穏やかなメルヴィンの声に、一瞬息が止まりかける。幸せと嬉しさから涙が溢れ出すと、メルヴィンはサラの涙が止まるまでくちづけてくれた。心をこめて。

終章　私は、私

目が覚めると、すっきりとした気分だった。

おかえり、と誰かに言われた気もするし、ただいま、と誰かに言った気もする。その誰かは、自分のよく知っている人物だった。それは自分の中で溶けて混ざり合い、欠けた部分を補完する。だから、目の前に綺麗な男の寝顔があっても驚かなかった。

——……メルヴィンさま。

腕枕をしてくれる彼の腕の中で、サラはそっと手を伸ばす。あのときは突き飛ばしてしまったが、今は触れたかった。指先が無防備な頰を撫で、その感触を確かめるように手のひらで覆う。あたたかい。触れるところから伝わる彼のぬくもりに、昨夜の情事が肌に蘇る。記憶だけではなく、身体に残った感触が実感を伴わせ、サラは頰を染めた。

「…………優しいの、ずるい」

メルヴィンが眠っているのをいいことに、サラは彼の胸元に顔を埋める。

ずっと、こうしてみたかった。

肌を重ねて、ぬくもりを分かち合って、いつか告げなければいけない「さよなら」のない朝を、メルヴィンと迎えたかった。少し遠回りをしてしまったが、彼の肌の匂いを胸いっぱいに吸い込み、サラは身体を擦り寄せる。すると、抱きしめる腕に力が込められた。

「気に入らないのなら、次はひどくしようか？」

かすれた低い声とともに、吐息が耳に触れる。

「……そういう意味ではありません」

「では、どういう？」

「……私だけに優しいのであればいい……といいますか」

「おまえ以外に、誰に優しくするっていうんだ？」

サラはたまらず顔を上げて、今まで見てきた美しい女性たちの顔を思い浮かべた。

「だってメルヴィンさま、私と会うときはいつも女性を連れて……ッ」

きょとんとしたメルヴィンだったが、サラの表情を見て嬉しそうに笑う。

「かわいいな」

「い、今、そういう話をしているのでは……ッ」

「しょうがないだろう？　パッフェルに嫉妬するほど、俺のことが好きだと言われたんだ。

さすがにかわいいがすぎる」

「もう、からかわないで……くだ、さ……え、パッフェル？　え？」

そういう問題ではないと言おうとしていたサラだったが、途中でとんでもないことに気づく。混乱をあらわにするサラに、かすめるようなくちづけをしてメルヴィンは続けた。

「サラが今まで見てきた連れの女は、どれもパッフェルだ。たまにカノンも手伝ってくれたが、基本はパッフェルだったたな」

「でも、全部違う人に……」

「フローリアの娼婦たちに、パッフェルを別人にしてくれと、毎回好きにさせていた」

「じゃあ、ファングさんに常連さんって言われていた……のは」

「パッフェルを着飾るために、あの娼館を利用していただけだ。女は抱いてない」

だから初めて会ったとき、パッフェルはサラのことを知っている様子だったのか。そう、考えが至る。しかし同時に、疑問も浮かんだ。

「……どうしてそんなことをする必要が……？」

サラの問いかけに、メルヴィンは苦笑を浮かべる。いつか聞かれるだろうことは、彼も承知していたのだろう。そういう表情に見えた。

「見張りをつけなければ、手が出てしまいそうだったんだ」

「誰にです？」

「おまえだ、おまえ」

言葉が、出なかった。

「だからといって、男の護衛をつけると怖がらせてしまうかもしれないだろ。だったら、見張りを女にすればいいと思った。だが、護衛ができる女がどこにいると言われてしまってな、苦肉の策で護衛の見た目を女にしていた」

メルヴィンは、絶句するサラの頰を撫でる。

「突然抱きしめられたら、怖いだろう？」

「……そ、それは……確かにそう……ですが」

なぜ、彼がそんな気持ちになったのかがわからない。

あのころの交流は手紙を手渡す程度で、さほど会話もなかったはずだ。どうしたら、そんな気持ちになるのだろう。戸惑うサラを腕に抱き、メルヴィンはため息交じりに続けた。

「……俺が、父上の手紙の代筆をしていたことは？」

「偽の遺言書を読んだとき、気づきました」

「……あー、つまりだ。父上と手紙のやりとりをしているサラの心に触れたせいだ」

「え……？」

「手紙というのは、綴られる文字から、言葉遣いから話の内容から、不思議と心が伝わってくるものなんだ。俺は父に送られてくるサラの手紙に触れるたび、サラの心を心地いいと感じていた。嬉しいこと、楽しいことだけではおじいちゃんに心配をかけるだろうから、少しだけ悲しいことを……なんて書いておいて、内容は近所の猫が触らせてくれなかったことだったりしてな。その、なにげないサラの日常が、俺も父上も心の支えだった」

思い出しながら話すメルヴィンの声は、どこか楽しそうだ。サラは、メルヴィンにも読まれていたことを初めて自覚し、話の内容を聞きながら少し恥ずかしくなった。

「サラは、自分がどれだけつらくても苦しくても、助けを求めることなく笑っていようとしていた。そんなサラを知ったら、手が出ないわけがない」

「……それで、あんな手段に？」

「そうすることでしか、おまえを俺から守る方法がなかったんだ」

少し拗ねたような言い方に、サラは口元を緩ませた。かわいい、と今口にしたらいけないと思い、必死に堪える。すると、腕の力を緩ませたメルヴィンが顔を覗き込んできた。

「それで何があった」

にっこり笑うメルヴィンを見て、サラはまばたきを繰り返す。

「記憶、戻ったんだろう？」

その見透かすような発言に、思わず目を瞠った。

「ど、どうして……、あの」

「昨夜、少し記憶が戻りかけてるだろうな、と思う発言を聞いた。……だから、もしかして、と思ってな。暗示みたいなものだとしたら、昨日俺が愛したことで記憶に何かしらの変化があってもおかしくない。まあ、それ以上にサラの表情かな」

「表情……ですか？」

「以前の、十八歳のサラが見えた。……だてにずっと、黙って見ていたわけではない」

メルヴィンは当然のことのように話す。それが、なんだか告白のようにも聞こえ、サラは急に恥ずかしくなった。そこへ、メルヴィンは視線を合わせてきた。

「あの日のことを、教えてくれ」

珍しく神妙な顔をするメルヴィンを見て、サラは小さく息を吐く。それから、自分に何があったのかを話し始めた。

「……少し前、叔父さまが私に手紙を出してきました」

それが、すべての始まりだった。

慣れ親しんだバートの名前で届いた手紙には、待ち合わせの日付と場所が書いてあった。そこでサラはその日、孤児院の帰りに、ベルに買い物を任せて近くの待ち合わせ場所へ向かったのだ。だが、そこに現れたのはバートではなくエルドだった。

『――メルヴィン殿下は、陰で家臣たちを操り、密かに王位簒奪を計画している。しかも、王家存続のために子をもうけなければいけなくなった。私は、これから殿下がおまえにひどいことをしないか心配なんだ。他に女がいるという話もある。殿下のことだ。嘘をついて「愛してる」の一言ぐらい言うだろう。だからサラ、私と一緒にいこう。メルヴィン殿下は信じられない。この薬を、彼に飲ませて逃げておいで』

今思えば、あることないことをサラに吹き込みたかったのだろう。

サラもすべてを信じたわけではなかったが、思い当たることはあった。ずっと抱いていた疑念を、たまたまエルドの言葉が刺激した。他にも好きな女性がいると思っていたサラにとっては、痛い言葉だった。そこでサラは覚悟を決めた。

そして、メルヴィンの心を確かめようとしたのが、あの日だった。

湯浴みを終えてサラが寝室へ戻ると、寝室には花とともに手紙が置かれていた。

そこにはメルヴィンの筆跡で「おまえが何者であろうと、俺はサラを愛している」と書かれてあった。のちに、その手紙が偽の遺言書として記憶を失くした自分の手に渡るのだが、このときのサラは絶望した。メルヴィンの状況が変わり、子を生さなければいけなくなったことを知らされていなかったのだ。だから、絶望に染まった目で見たそれがおじいちゃんの手紙で見る筆跡だとは気づかなかった。

「……あのときの私は、メルヴィンさまの言葉を信じきれませんでした」

子が必要な状況になったせいで、仕方なく自分に言っているのだ、と誤解した。

偶然にも、エルドの言葉が真実だと思ってしまい、サラは猛烈に後悔する。

ここへ連れてこられた二年前の『あの日』、素直に「好きだ」と言えばよかった、と。

「私は、私の想いがメルヴィンさまに届かないと思っていました。でも、あなたと一緒にいられるだけで幸せだったんです。約束だからといって触れてくれない間も、そばにいられるだけでよかった。でも、愛がないままあなたのそばにもいられなくて、それで……」

「俺に薬を飲ませて、眠らせたのか？」

サラは、小さく頷いた。

「……本当は、メルヴィンさまに薬を飲ませたあと、さらに渡された薬を飲ませるつもりでいました。一度は口に含んだんです。でも、……メルヴィンさまが、愛している……と、薄れゆく意識の中で言ってくださって……、それが嘘でも、私は嬉しくて……どうしても、飲ませることができませんでした」

もうエルドのところへ行く気も、メルヴィンのそばにいる気もなかった。

だから、口に含んだ薬を吐き出さずに飲み込んだ。

「…………私は、私の務めは、メルヴィンさまを守ること……でした、から」

眦から涙がこぼれると、ぼやけていた視界が少しはっきりする。

「……身勝手なことをしてごめんなさい。……ごめんなさい」

「大丈夫だ、大丈夫……。二年前に記憶が退行したのも、もしかしたらサラの強い気持ちと薬のせいだったのかもしれないな」

サラの背中を慰めるように撫で、メルヴィンは言う。

「サラが、生きてここにいてくれてよかった。心から、そう思うよ」

その優しい声にまぶたを上げ、サラは彼を見た。

「おかえり、サラ」

メルヴィンの穏やかな笑みに、また涙が溢れる。

「……ただい……ま、メルヴィンさま」

震える唇で言うサラに、メルヴィンは嬉しそうに笑って涙を拭ってくれた。

今、ようやくサラは、本当の自分になれた。素直になった心でメルヴィンを抱きしめ、ぴったりと触れ合わせた肌のぬくもりにうっとりとまぶたを閉じる。彼もまたしっかりとサラを抱きしめてくれるおかげで、とても穏やかな気持ちになった。――が、そういえば、と疑問が浮かび、そっと腕の中から顔を上げる。

「…………メルヴィンさま、私に嘘をつきましたね？」

「なんのことだ？」

「私に触れたこともないくせに、これが普通だと、記憶をなくして何も知らない私に、その、い、いやらしいことを散々……ッ！」

メルヴィンは、視線をさまよわせてからにっこり微笑む。

「いやいや、あれはサラにちゃんと許可をとったぞ」

「そ、それはそう……ですが」

「それに、ああでもしないと触らせてくれなかっただろ。多少の嘘ぐらい許せ」

「多少じゃない気がします」

「そう言われてもな。俺はちゃんと言ったはずだが？」

楽しげな様子で、メルヴィンは口の端を上げた。

「俺の話もちゃんと疑っておけ、と」

言われた。確かに、そう言われた。だが、それがどのことを指すのかは、わからなかった。

「で、では、偽の遺言書を渡したのも、記憶のない私を野放しにしておいたのも、何があってもいいように裏で動いていたのも……、もしかして全部わかってて……ッ」

「一度、サラに眠らされたんだ。二度も同じことにならないよう動くのは当然だろ？　サラを信じていなかったわけではないが、対策はしておくに限る」

「騙されました!!」

「まあ、そう言うな。……ちゃんと、おまえの気持ちを聞くまでは、最後までしなかったんだ。今までできない我慢をたくさんした俺に、褒美ぐらいあってもいいだろう？」

褒美とは。

きょとんとするサラの前で、メルヴィンは腰を押し付け、妖艶に笑った。熱くて硬い昂りを腹部に感じ、サラは息を呑む。

「記憶をなくしていたとはいえ、優しく触れてくれただの、飽きられるから肌を見るなだの、散々言っていたが、それぐらいで俺が満足するとでも思っていたのか？」

腰を摑み、顔を近づけるメルヴィンの瞳は、真剣だ。

「だとしたら、見くびられたものだな。――満足には程遠い」

吐息が唇に触れたと思ったら、塞がれる。

やわらかな感触が食むようにサラのそれを味わい、ゆっくりと同じぬくもりにしていく。

甘い息苦しさの中で助けを求めようと口を開けるのだが、舌が差し込まれてそれもできない。息継ぎができないくちづけの中で、サラの理性は容易に快楽へ搦め捕られ、身体から力が抜ける。互いの熱が混ざり合い、境界がわからなくなっていった。

「……子作り……、するんですか？」

目を潤ませるサラの問いかけに、メルヴィンは妖艶に笑った。

「俺が、ただサラを愛したいだけだ」

それは子作りでもなく、義務でもない。――そう言外に告げられた。

サラはその日、寝室だけでなくベッドから出ることを許されないほど、メルヴィンに愛されることになる。おかげで、お茶会に誘われていたことを翌日まで思い出せなかったのだが、すでにメルヴィンがアリーシャとマリィに散々小言と文句を言われていた。

そしてその数年後、影の王と呼ばれ、慕われていたメルヴィンが王としてたったころ、仲睦まじい国王夫妻の傍らには元気な王子と美しい王女が寄り添うことになる――。

あとがき

初めましての方もそうでない方もこんにちは。伽月《かづき》るーこと申します。

このたびは、本書『王弟殿下の寵愛　記憶をなくした幼妻は淫らに護られる』をお手にとってくださり、まことにありがとうございます。そして、ご無沙汰しております！

ティアラ文庫さんで久しぶりに書かせていただきました！

今作は記憶退行ものですが、いかがでしたでしょうか？　一度書いてみたいと思いつつも、なかなか手が出なかったテーマだったので大変楽しく書かせていただきました。完成までいけたのは、担当さんのおかげです、本当にありがとうございます！

そして今作を、それはもう美麗に彩ってくださった潤宮《うるみや》るか先生のイラストが大変美しく、担当さんと一緒になって「美しい」と芸術作品を目の当たりにするような感覚で拝見しておりました。久々に組めることができてとても嬉しかったです！　なんといっても、サラの年齢に応じた表情の違いに目を瞠り、メルヴィン殿下の美しさに最高以外の言葉が出てきませんでした！　重ねて感謝申し上げます。最高に好きです。最高です（真顔）。

最後になりましたが、担当さま、潤宮先生、編集部のみなさま、家族、友人、この本に関わる方々、手にとってくださったすべての方に心からの感謝を。

二〇二一年　五月　伽月るーこ

王《おう》弟《てい》殿《でん》下《か》の寵《ちょう》愛《あい》

ティアラ文庫をお買いあげいただき、ありがとうございます。
この作品を読んでのご意見・ご感想をお待ちしております。

✦ ファンレターの宛先 ✦
〒102-0072　東京都千代田区飯田橋3-3-1
プランタン出版　ティアラ文庫編集部気付
伽月るーこ先生係／潤宮るか先生係

ティアラ文庫&オパール文庫Webサイト『L'ecrin《レクラン》』
https://www.l-ecrin.jp/

著者――伽月るーこ（かづき るーこ）
挿絵――潤宮るか（うるみや るか）
発行――プランタン出版
発売――フランス書院
〒102-0072　東京都千代田区飯田橋3-3-1
電話（営業）03-5226-5744
（編集）03-5226-5742
印刷――誠宏印刷
製本――若林製本工場

ISBN978-4-8296-6934-1 C0193

落丁・乱丁本は当社営業部宛にお送りください。お取替えいたします。
定価・発行日はカバーに表示してあります。